EN LA DIÁSPORA DEL SILENCIO

Rodríguez Figueroa, Orlando
En la diáspora del silencio. 1ª ed. Buenos Aires: Deauno.com, 2015.
120 p.; 21 x 15 cm.

ISBN 978-987-680-114-0

1. Narrativa Puertorriqueña. 2 Novela. I. Título

CDD PR863

© 2015, Orlando Rodríguez Figueroa
© 2015, Deauno.com (de Elaleph.com S.R.L.)

contacto@elaleph.com
http://www.elaleph.com

Para comunicarse con el autor: kid51pr@yahoo.com

Primera edición

ISBN 978-987-680-114-0

Hecho el depósito que marca la Ley 11.723

Impreso en el mes de agosto de 2015 en
Bibliográfika, de Voros S.A.
Barzana 1263. Buenos Aires, Argentina.

Orlando Rodríguez Figueroa

En la diáspora del silencio

deauno.com

Dedicada al ser que comparte mis días.

A ti, por darte tanto:
ésta, mi primera novela
cargada de metáforas,
como es la vida misma.

"Un poco de conocimiento es una cosa peligrosa."
Orlando

Virginia Woolf

"La literatura tiene un valor insustituible;
es el arte que nos da la posibilidad
de imaginar y de no llegar a conclusiones.
Los grandes libros no llegan a conclusiones.
No dicen: esta es la lección del libro
y te la estoy dictando. Quedan abiertos:
lo que más importa es la co-creación del lector,
que la obra esté suficientemente abierta
como para que cualquier lector pueda
decir: yo continúo la obra."

Carlos Fuentes

"No hay final. No hay principio.
Es solo la infinita pasión de la vida."

Federico Fellini

I
ÉXODO

He aquí yo envío mi Ángel delante de ti
para que te guarde en el camino,
y te introduzca en el lugar que yo he preparado.

ÉXODO 23:20

RECOGES EL LIBRETO que abandonaron en el banquillo del parque y lees...

Tomas con firmeza en tus manos la maleta azul marino, de costura marrón, y cierras la puerta de ojos cansados de la casa triste dejando atrás solo los recuerdos. Por lo menos eso crees. Recuerdas haber escuchado a lo lejos, como en sueños, durante la noche un grito desesperado, desgarrado y ahogado de una mujer; nada extraño en esos lugares lejanos y tan solitarios del campo. Grito que tal *vez Wanda Vázquez Garced*, la *procuradora de la mujer* denunciaría en el programa de *Carmen Jovet* resaltando la postura de la *Ley 54* tan vociferada e ignorada como canto de sirenas en el mar desierto... Grito ahogado de mujer entre los sonidos del canto de los coquíes escondidos en la húmeda vegetación y el copulativo sonido de los grillos en celo...

El verano ardiente se precipita como caballo sin frenos... sus pasos van en desbocada carrera entre los montes lejanos provocando mil pensamientos huérfanos y estériles en tu cabeza ebria de mil emociones desnudas. Allá a lejos se ven banderas desgastadas sobre astas mohosas. Banderas desgastadas por el paso del tiempo. Banderas que alguna vez se levantaron llenas de colores; hoy ya no enarbolan ni pasiones ni incongruencias en el alma. Banderas convertidas solo en paños incoloros por el paso del tiempo. Banderas que ya ni sirven para lavar los carros porque están tan raídas como las ideas que les acompañaron en ese país sin rumbo. País de los "tazos" que día a día van deformando la economía los genios adiposos del mármol capitalino. Inicio de un testimonio trágico en la compañía de la confabulación de míseros secretos que se acogen al retiro. Camuflado por los instintos de la deuda enigmática con los principios morales del marginado pueblo. Pueblo marginado y marcado hace mucho tiempo como las reses que se van alejando pasivamente en el dócil paisaje. La marcha emprendida solo es reflejo de trazados planteamientos de evocaciones ancestrales de las razas. Tierra de fraudes bajo las piedras del camino y el silencio arropando como hiedra todo el infinito y azul cielo. Tierra engañada desde el comienzo de los tiempos. La más pequeña de las Antillas Mayores y la más grande de las Menores. Ni lo uno ni lo otro...

Incongruencias abismales del sentimiento patrio... ¿Tiene sentido ese postulado enseñado en los colegios llenos de ruidos y gritos infantiles? Donde los pasillos están llenos de gomas de mascar tiradas en el suelo dejando huellas identificables del que las tiró y van afeando más el pasillo... y paredes llenas de horrores ortográficos dejados por algunos niños que en sus casas no les enseñaron sobre el respeto a la propiedad ajena pero son los primeros en protestar exigiendo sus derechos... y techos llenos de telarañas añejas que parece nadie ve, pero tú sí te fijas en ellas... Piensas. Sonríes sin detener la marcha.

Allá van ustedes a convertirse en parte de la diáspora como señaló en el número inaugural de la revista *Diáspora* el Profesor Emérito de Ciencias Políticas de la Universidad de Colorado, *William Safran,* a mantener una memoria colectiva en una sociedad anfitriona. No imaginaron jamás permanecer en esas tierras áridas y murmurantes de hipocresías por tanto tiempo porque solo han traído pesares en el marginado y fragmentado esquema de la patria. Tierras que ya dieron sus frutos y se van convirtiendo en escollos para el progreso. Tierras áridas y murmurantes de hipocresías y convertidas en tumbas abiertas y llenas de escombros por los volátiles forjadores de controversias insanas del diario vivir de reporteros comprados con dádivas acomodaticias de gobiernos sin visión. Reporteros que olvidan que también son habitantes de esas tierras y tarde que temprano sentirán las mismas angustias que crean con sus insípidos comentarios en periodiquitos caseros y alejados en las esquinas. Reporteros acomodados al postulado comunista de que cuando se repite una mentira una y otra vez el pueblo termina creyéndola... Reporteros que solo protestan cuando hay un *gobierno azul* y que amapuchan a los *rojos*... Los mismos que no se ocupan de aplicar las matemáticas cuando a tiempos se refieren y hacer creer que el desastre es solo azul sin hacer uso de la inteligencia y detallar que los rojos llevan desde el 1948, casi sesenta y siete años en el poder, cuarenta y siete años rojos de abusos y solo veinticuatro años de progreso azul. Y así salen los tontos útiles conformistas de coquíes y tijeras para ganarse la vida a repetir bobadas sobre que ambos partidos son iguales por negar que siempre han sido populetes y que por no aceptar que los rojos populetes les han tomado el pelo dicen sandeces sobre los azules... y luego se preguntan que por qué no reciben los mismos tratos del medicare que los continentales... obvio, no han querido ser estado... ignorantes... *lugaristas* que les engañan con que todo es malo y *"yo"* con los cuarenta millones que le he cogido a los niños en el departamento de educación y los bikinis que me ponga para que voten por *"mí"* y ser como *"la breve"*, capota y pintura...

Reporteros con nombres llenos de casualidades como *Lenin* lol lol lol. Unos reporteros que quisieron hacer noticia diciendo que la isla de Vieques se quería independizar y no buscaron los resultados de la última consulta al pueblo y cuyo resultado se halla en la Comisión Estatal de Elecciones. Y donde señala que en dicha consulta en Vieques, la Estadidad obtuvo 1,535 votos para un total de 54,43% de los electores; el gran engaño vivido del ELA Soberano obtuvo 1, 058 votos para un total de 37,52% y LA INDEPENDENCIA solo obtuvo 227 VOTOS para un total de 8,08%. ¿Eso es mayoría? ¿Esa es la visión mayoritaria del pueblo de Vieques? ¿Y la prensa se atreve a decir que el pueblo de Vieques busca la independencia? ¿A quién quieren engañar? ¿Todavía hay tantos tontos en ese país?... Ya lo hicieron una vez cuando muchos tontos repetían: *"Todo Puerto Rico con Vieques"* y luego dejaron a Vieques y a su gente solos... ¿Alguien se atreve a hacerse cargo de los pesares del pueblo? Y hasta *rabín* escondió su rabo para ayudar a Vieques... Y hasta los *guadalupes* compraron lanchas nuevas con dinero de los federales y se hicieron ricos y pescan lejos para olvidarse de los pesares del pueblo... pueblo que hoy, gracias a aquellos que gritaron *"fuera la Marina de Vieques"* y se convierte en peldaño del *cartel de los soles* y *Diosdado Cabello* saca provecho desde Venezuela, para enviar la cocaína a Europa y a USA... Adelante hay espacio para caminar y mares azules para navegar... Hablan mucho y hacen poco. Les encanta salir en los medios y tener los cinco minutos de fama; pero luego siguen viviendo en las mismas colmenas prefabricadas del engaño patrio, arropados con la falsa bandera de color azul claro que no es la oficial de la colonia, color desgastado como las ideas mismas... La clave es asumir que se vive en lo mejor de los dos mundos y ocultar que muchos envejecientes van al colmado y hurtan comida por el hambre colonial que les asiste. La clave es vivir la mentira en un país de mentira. La clave es vivir en la ambivalencia cosmogónica de la realidad frustrante y seguir de largo.

Son nómadas en busca de nuevas latitudes donde depositar los cuerpos cansados, ya por las frustraciones de los demás, ya por las deformidades sociales que les da el destino. Miraron por última vez esos montes de tantas tonalidades de verdes. Montes como motitas dibujadas en el lienzo de un experto pintor. Eran sus montes cómplices de juegos y recorridos desde niños. Eran sus montes de juegos de batallas con armas de madera y cuyos sonidos eran producidos por sus voces... ta, ta, ta, ta, pum, pum, pum, pum y el *Llanero Solitario* ya ni se menciona... Hoy se van alejando cada vez que dan un paso. Quedan atrás como recuerdos de epopeyas ganadas a los cíclopes de los cuentos en noches de luna y olorosas a blancas gardenias que les narraba su madre cuando eran niños y que llevan tan grabados en la mente como tatuajes de mil historias coloridas. Montes donde habitaban los sabores y los olores a campo que siempre les acompañarán porque son los recuerdos de su tierra apegada a los sentidos. Lo que, inevitablemente, no importa donde vayan, está grabados en su piel y en su voz. Como dicen muchos: *la mancha de plátano...*

Los vecinos les miran pasar a su lado y deciden bajar la cabeza para no saludarlos. Porque es su costumbre de envidias que les corroen las entrañas. Son como fieros buitres esculcando muy profundo las vísceras que dan vida a los seres. Tal vez se enteraron de su partida porque: *"Las noticias siempre llegan primero que las personas"*. Van a paso lento entre ellos y parece que sus pies se van convirtiendo en plomo para retrasar el acompañamiento; nada anormal entre ellos, siempre han evitado el encuentro con ustedes, tal vez porque les consideran superiores en conocimientos o tal vez resentidos de saberse relegados a la aridez del pueblo que se derrama hacia otros lugares. El verano les devuelve el calor húmedamente motivados de sus infantiles pensamientos. Son como *zombies* con tierra pegada a sus pies de plomos. Temen sacudir la tierra roja adherida porque es parte de ellos y van mugrosos confundidos con sus pasos terrosos. Ya es obvio que escucharon, como siempre dejándose llevar por rumores, su decisión de ir en busca de nuevas tierras donde asentar sus nuevas historias. Les miran de reojo evitando el saludo. Y recuerdas las palabras de *Charles Chaplin*: *"Quien alimenta a un animal hambriento, alimenta su propia alma."* Y les ven rumiando ardores de envidia en sus entrañas donde se revuelven malolientes pensamientos de seres oprimidos. Ellos van como los batracios dentro de una olla... se han ido aclimatando al calor y morirán achicharrados; en cambio sí son lanzados desde que el agua ha hervido saltarían buscando su salvación...

En el recorrido ven desangrar mil ideas que quedan huérfanas por su éxodo. Los vecinos caminan lentamente sintiendo el peso de sus cuerpos sobre sus pies de plomos. Ya no les miran. Van como los personajes de *La caverna* de *Platón*. *Platón dice expresamente en el mito (que obviamente es una metáfora) sirve para ilustrar cuestiones relativas a la teoría del conocimiento.* Han vivido encerrados desde su nacimiento en la caverna de sombras; en un país donde abundan los abogados de marquesina y no les da tiempo a escuchar lo que dicen los demás, o lo que dice el personaje del momento es lo cierto, así es tu pueblo. Aquí los abogados honestos no tienen futuro porque las leyes valen poco o casi nada y las van cambiando cada cierto tiempo los hábiles legisladores adiposos que viven en el mármol y que no respetan al pueblo y señorean de creativos. Todos opinan pero ya tienen sus conclusiones hechas. Tan ignorantes como reporteros vendidos de *Noticentro*, *Telenoticias* o de *Univisión* porque ya tienen sus opiniones marcadas. Tan vulgares como *La mulero*, abogada de faranduleros y labios hinchados de botox. Y así van, tal vez se sientan abandonados por ese quien siempre supo resolver sus problemas cuando no encontraban un elefante blanco perdido en la pequeña habitación de sus casas, y saben que fueron muchas las veces que ustedes dejaron de echarse un bocado para dar a los otros, o cuando comenzaba una fuerte lluvia y se iba la señal de sus televisores y querían ver a *La comay*: ¡*Qué bochinche!* Je, je, je, je, y les llamaban para corregir la recepción del televisor y piensan: *que a veces el ser humano se hace tan necesario sin saber las consecuencias.* Pero es el destino el que les ha marcado esta nueva ambición de crecimiento. Llevan en sus mentes el pensamiento de que todo cambio es difícil y solo aquellos valientes se enfrentan a ellos con gallardía denotando valentía en sus pasos. Nunca mirar hacia atrás; atrás dejan momentos inconclusos y a veces falsos. Momentos que marcaron épocas en sus historias. Momentos que diseñaron como mapas en la piel dolores convertidos en líneas interminables como la muerte de seres que dejaron huellas en ustedes... van discerniendo el problema del error y de la apariencia. En ocasiones sentían que el tiempo se ajustaba a la modificación, al cambio, al devenir en general como prueba de esa falsa apariencia que les han vendido desde la creación del ELA, como motivo de que ahí tiene que haber algo que les lleve a lo mejor de dos mundos. Hoy, a la inversa, en la exacta medida en que el descubrimiento de la razón les fuerza a asignar unidad, identidad, duración, sustancia, causa, otredad, ser, les mantienen cautivos en el error, y sueñan y viven necesitados al error. Piensan en el mapa diseñado en la piel de *Jeremy* en *Vampire diaries* para hallar *la cura y así salvar del vampirismo y devolver la humanidad* a su hermana *Elena*. Y aunque *Silas* y *Klaus* intenten detenerlos, no podrán porque el lazo que les une es más fuerte. Piensan. Tal vez quieran salvar su humanismo.

Ustedes no llevan mapa como *Jeremy*, pero... *el camino lleva siempre a uno hacia adelante.*

Ya *Luis Dávila Colón* lo había comentado en su programa de lunes a viernes de cinco de la tarde a siete de la noche por *WKAQ*; la estación de radio *580 AM* que siempre escuchaban antes de salir, *"porque Luis Dávila Colón siempre habla claro al pueblo... Dávila, sabe hacer las preguntas, y sobretodo analiza bien los temas..."* —pensaron—. Una nueva etapa se avecina para los que quieran encontrar tranquilidad en otras tierras. Siempre había uno que se oponía a la ida, pero hoy arremeten el paso para romper con la monotonía. Tomaron sus mejores maletas azules de costuras color marrón y acomodaron sus libros, luego más libros, y por último más libros. Las cosas inútiles de la casa —porque siempre en toda casa hay cosas inútiles— cupieron en las cajas que buscaron en *Sam's* cuando hacían las compras o las que su excompañero de *Stryker* les consiguió y las guardaron en el cuarto que quedaba vacío para más tarde llevárselas posiblemente al lugar donde van. Ese cuarto de color blanco como vaso de leche que hoy abandonan ya tendrá otros dueños, piensas, pues la vida es así; *"nada nos pertenece pues nada nos llevamos cuando partimos eternamente de este mundo. Salimos con las manos vacías... ni zapatos nos ponen; a veces porque a los cadáveres se les hinchan sus pies o tal vez por un olvido familiar. Pero van descalzos hacia el llamado otro mundo, el del más allá..."* Un chiste de antaño les hace recordar la respuesta de por qué a los muertos no les ponen zapatos y la respuesta es que los van a comprar en *La gloria* (refiriéndose a la tienda de zapatos muy conocida en aquella época; luego vinieron *Humberto Vidal, Novus, Florshine, Clark, Bakers* y otras, pero *La gloria* siempre ha sido *La gloria* y tiene su historia. *"Sus pies en la tierra y los zapatos en la gloria"*. Sonríes.

Van pensativos y recuerdas las palabras de *Benson Henderson*, el mejor luchador de la UFC, a quien tanto admiras: *"The key to life is to set goals and go after those goals, don't hold anything back."* *Benson* se convierte en otro eslabón en la búsqueda de las nuevas luces. *Benson* es un gran luchador, *Benson* es *Benson*, *Benson* es el mejor... El recuerdo, que entra en actividad virtual evoca estados anteriores de igual sentimiento, así como las interpretaciones que se van formando terminan fusionadas con ellos, contrario a la causalidad de todo aquello que verdaderamente les haría crecer como forjadores de una nueva sociedad llena de verdades y sentimientos... Desde luego la creencia de que las representaciones, los procesos conscientes de unos recuerdos de unos tiempos en que fueron saliendo de una extrema pobreza comenzada a fines del siglo XIX y adentrada hasta mediados del XX han sido las causas, y es evocada también por ese recuerdo fatuo y tan lleno de mentiras y engaños de los mercaderes de noticias... Surge de este modo una costumbre a esa interpretación causal determinada, la cual se convierte en un obstáculo a la verdad y no permite la investigación de la causa e incluso la excluye o la asimila como parte de ese proceso de cambio que merece esa tierra que tanto aman... Las metas que hoy se imponen como nómadas, deben ser caminos sin retornos... así como *Remedios la bella* se elevó a los cielos en una pieza de ropa tendida en los alambres donde se aprovecha la luz solar para secarse y movida por un viento raro de los que ocurren por allá en *Macondo* según *Gabriel García Márquez*... se elevó a los cielos, como la *virgen María, Jesús, Moisés, Ezequiel, Elías*, y tantos otros personajes de las fantasías religiosas de la biblia... (*"Enoch, Moisés, y Elías ascendieron al cielo, pero ellos no han vuelto para decir de lo que ellos han visto o aprendido allí. Algún tiempo después de la entrevista de Jesús con Nicodemo, Moisés y Elías vinieron del cielo a hablar con Jesús y tres de los discípulos les escucharon hablara Él de su muerte cercana. Esto fue en el monte de la transfiguración. San Lucas 9:30,31."*)

¿La ropa? ¿Qué es la ropa? ¡Total, te preguntas qué son las vestiduras! Son las cosas inútiles para disimular las imperfecciones de un cuerpo amorfo y falto de ejercicio para acomodar cada músculo fofo... Son solo tonterías de marcas que solo sirven para cubrir la piel, nuestro órgano más grande, del clima o del mirar incisivo de alguien tratando de adivinar el tamaño del bulto; algo que todos miran para compararse o desearlo porque así es la naturaleza humana, igualita a los perros que cuando se encuentran se huelen el trasero... Ahora eso no es importante, total, y especialmente a ti: ¡te gusta andar desnudo por la casa presumiendo de tu atlético cuerpo! Ya hallarán en donde vayan nuevas vestiduras para sus cuerpos... Su caminar es como el de *Popeye* y *Olivia*, o ya no *Popeye* y *Olivia*, tal vez *Lorenzo* y *Pepita*, pero esos ya pasaron de moda; ahora serán *Homero* y *Marge* para que te entiendan o tal vez como *Batman y Robin* en amorío asexual... o *Pedro Picapiedras* y *Pablo Mármol* en amoríos adelantados por el *swinger cavernario* de su relación rara de simbiosis llena de celos y peleas entre amigos... ¡y menos hablar de *Archie y Betty...* y la contraparte *Verónica*, la ricachona del vecindario tan creída y superficial! Esos son de los años sesenta y setenta, huyyyyyy cómo ha llovido... los recuerdas como si fueran parte de la familia. Siempre atentos a las boberías de *Torombolo*. Así son ellos tan tontos como *Torombolo*...

Ella siempre va detrás de ti...y en ocasiones se alarga... oscura como siempre... callada como siempre... silenciosa y fiel... tan fiel como mugre en las uñas... nunca te deja perder el rastro. Se adhiere en ocasiones a tu cuerpo pero nunca desaparece realmente...

Y piensas en los olores que va despidiendo tu cuerpo transpirando sin cesar por la caminata inesperada. Olores inconfundibles de macho cabrío como decía tu madre cuando transpirabas al sol... olores a sal marina por la transpiración masculina de tu cuerpo y tu piel negra. Olores de macho negro como tu raza orgullosa. Olores de macho negro transpirado, olor fuerte como ninguno...

Olores de macho negro. Olor de hombre, transpirado con la camisa pegada a tu cuerpo mostrando los músculos que te dan categoría hombruna. Olores a ti. Inconfundibles olores que llevas en la piel y que siempre pones como pretexto cuando alguien se acerca a darte una caricia.

De pequeño viviste identificando olores. *Lifeboy* rojo identificaba a tu padre y su olor a cigarrillos *Pall Mall* sin filtro que él solía fumar luego de darse un baño... Olor a polvo *Maja de Mirurgia* que usaba tu madre y olía tan rico en sus mejillas suaves y rosadas por el sol caribeño... Olores al dulce de coco que preparaba tu abuela... Olores a la tierra recién abierta por tu abuelo en la mañana de verano. Olores a mar. Siempre el mar azul en tus recuerdos. Algunos buenos otros no tanto como cuando te caíste buscando unas frutas y una piedra filosa te abrió una herida mal curada en tu pierna izquierda a la altura de la rodilla y te llevaron al dispensario a tomarte varios puntos para suturarla y tu hermana lloraba porque no quería que te pusieran una inyección antitetánica en la barriga... Pero siempre el mar azul donde acariciaste tantos sueños e hiciste tantas locuras de niño y de adolescente y casi de adulto. Siempre el mar en su inmensidad azul y provocante de sueños. Nada como tu mar. A veces le envidias por su inmensidad y poder... tal vez ese es el motivo de tu admiración. Piensas. Sonríes.

Y cargas muy complacido tus maletas azules con costura color marrón llenas de libros... para ti que los libros siempre han sido los objetos más importantes; y te hacen recordar la vez que llovió tanto como cuando llovió en *Macondo* e *Isabel* miraba la lluvia caer como flechas espartanas llenas de ira sobre la tierra y pensaste que perdiste varios de ellos, y solo lamentabas el haber perdido el libro biográfico de *Malcom X...* (el negro y valiente *Malcom X*) y luego con el tiempo lo hallaste entre tus cosas... lo demás va después. No hay prisa por cargar cosas inútiles. Ya verán qué les espera y tomarán decisiones para no cometer las mismas tonterías de cargar lo mismo para hacer lo mismo y vivir lo mismo y hacer lo mismo donde van. *En la vida los que llevan el mismo equipaje en sus hombros cometen los mismos errores...* y ustedes no están para eso ahora. Ya han visto cómo por seguir haciendo lo mismo su pueblo se ha quedado estancado. Más de seis décadas viviendo en un sueño que les hace recordar la canción de *Alberto Cortés*: *"No soy de aquí ni soy de allá."* Pero la ignominia e indiferencia de los gobernantes que la han administrado sabiendo que es un obstáculo para el progreso no hacen nada. Convirtiendo la historia en pérdida de tiempo. Enga-ñados con la frase de que viven *lo mejor de dos mundos.* Y el pueblo repite las mismas murmuraciones tontas y se acostumbran a quedarse igual. Muy triste. Ya *Bacó* lo dijo: *"ni somos latinoamericanos ni americanos aunque seamos bilingües" Bacó*: trapo de disparatero... irreverente anormal del gabinete del gobierno charratero... y todos lo que quieren es administrar una colonia en chatarra y se aferran al poder...

No debes adelantarte. Ya el camino está hecho. Lo bueno es que caminan sin prisa, lo malo... aún no les acompaña. Eso lo compartirán con los que quedan para que entiendan de corazones adoloridos como sapos aplastados en la carretera ante el peso de la llanta del auto. Así, planitos como platos de servir. Y los dolores esparcidos entre el negro camino que aún les falta recorrer serán las huellas que les tocará vivir a ellos en sus pies terrosos y cansados como pasos de plomo. Como sapos aplastados sin esperanzas de cambios. Tristes sapos orillados en el camino... tristes sapos ahogados en arenas sin sentido de una patria sin orillas... patria aplastada y ya sin vida... así quedan ellos. Triste, pero sabes que el tiempo les dejará ver cómo caen los que tanto se han burlado.

Sabes que las personas únicamente cambian por tres razones: la primera y sumamente importante, porque aprendió demasiado; la segunda porque sufrió lo suficiente y la tercera y verdaderamente inquietante, porque se cansó de lo mismo. Y en una tierra donde no se debaten asuntos con sustancias y solo repiten lo mismo a saciedad día y noche... esto es verdaderamente uno de los motivos disparatados que les ha llevado al abismo. El tema de *Chemo el busca chupacabras* lo repiten en cada programa lo que te hace cambiar el televisor de canal donde no estén dando un programa local porque *Chemo el busca chupacabras* y sus hijos te tienen harto hasta la coronilla. Y no es *Chemo el busca chupacabras* el que te crea este sentimiento; no, son los reporteros con sus mentes compradas y que como es *Chemo el busca chupacabras* eso está mal. ¿Cuántas hipocresías tienes que soportar de los reporteros y abogados sin licencias de mentes estrechas que cacarean en los medios? ¿Cuántas desventuras vivió el que dedicó más de cuatro décadas a trabajar por su pueblo?

Pensativo, tarareas aquella canción del folclor árabe y que *Marc Anthony* hizo famosa:

"Voy a reír, voy a bailar... Vivir mi vida lalalalá
Voy a reír, voy a gozar... Vivir mi vida lalalalá

Voy a reír (eeso!), voy a bailar Vivir mi vida lalalalá
Voy a reír, voy a gozar... Vivir mi vida lalalalá

A veces llega la lluvia para limpiar las heridas
A veces solo una gota puede vencer la sequía

Y para qué llorar, pa' qué si duele una pena, se olvida
Y para qué sufrir, pa' qué si así es la vida,
hay que vivir lalalalé

De pronto callas y escuchas. El rumor de los pasos en el camino parece burlarse de tu tarareo... en realidad no lo haces tan mal; debe ser la fatiga del viaje o el paso del viento entre tu voz y el ancho camino el que distorsiona el tarareo. A veces el viento también trastoca nuestros deseos de tener una voz como *Chucho Avellanet*, el primer esposo de la cantante cubana nacida en Perú, *Lissette Álvarez*, (hoy esposa del cantante cubano, *Willie Chirino*, que vive en Miami). *Chucho*, nacido en Mayagüez, Puerto Rico, es una de esas voces privilegiadas que te gusta escuchar; sobretodo aquella canción compartida: *Mil violines... "Tal vez leyenda fue, quizás todo fue ficción, el eco de un violín que suena como mil los unió..."* Siempre te ha gustado la voz de *Chucho Avellanet*. Gran cantante, el mejor cantante puertorriqueño para ti. No hay voz como la de *Chucho*. Ni los inventos modernos y súper cursi y gritones de los *Idol Puerto Rico o La voz kid* jamás lo podrán superar. *Chucho* es *Chucho* y *Chucho* es el mejor y punto.

Los vecinos ya van acelerando el paso. Tal vez no les gusta la canción de *Marc Anthony*... y piensas que menos les habrá de gustar la de *Chucho Avellanet* porque esa es más antigua y ellos detestan las voces antiguas porque viven en una inmediatez absurda... ja, ja, ja, ja ¿o será tu tararear? ¿O no quieren escucharte más? Muchos dicen que cuando uno canta es porque es feliz y ellos no quieren ver a nadie feliz. En tu patria no quieren que nadie sea feliz; si eso ocurre te creen loco... tan loco como el *Boricuazo* que vive en un país de leche haciendo grandes nimiedades muchas veces inventadas o trastocadas con otro enfoque sensacionalista para que crean que los boricuas son el ombligo del mundo. Continúas la marcha... y ríes de medio lado para que no se ofendan pues esa también es otra de sus cualidades; si uno se ríe siempre es de ellos porque están marcados con complejos de mitológicos conceptos que ellos han aferrado con fe en su interior. Tienen más complejos que apartamentos en *Miami Beach*. Debes sentirte triste para acompañarlos en su dolor, y mientras más triste y apocado mucho mejor... *A la gente no les gusta ver a los demás alegres*; se molestan. Siempre te has preguntado ese postulado. Viven como en eterno dolor transmitido por generaciones religiosas cuando rezan el *Credo de la Iglesia Católica*: *"Por mi culpa, por mi culpa, por mi grandísima culpa... y por la estupidísima culpa"* Dando énfasis en el superlativo para sentirse más culpables. Se culpan por todo porque parece que no quieren ni pueden ser felices. Creen que la crucifixión de *Jesús* es culpa de ellos y no se dan cuenta que eso era parte del *plan divino*.

Sociedad deformada por creencias y actitudes incoherentes en sus pensamientos. Donde hasta los representantes del supuesto dios en los templos les muestran sus imperfecciones humanas y les violan niños y niñas y les siguen como cegados sin razones hasta ser idólatras de hombres; tal vez para seguir pensando que siguen siendo culpables; sin razones ni cavilaciones sensatas de verdaderos poseedores del libre albedrío, dado por el supuesto dios ambicioso y vengativo que hasta llevó a *Abraham* a casi matar a su unigénito por puro capricho de vanidad a su adoración. Ya el mismo *Jesús* sabía, y siendo sabio reconocía, que estaba violando leyes del estado romano, pero como a la mayoría de la gente no les gusta razonar; ¿por eso no se quejó? ¡Vaya usted a saber! Y siempre pensaste que: allá *Jesús* si se dejó clavar divinamente y pasivamente en la cruz, la que tuvo que cargar, sabiendo que ya estaba escrito, acompañado de dos ladrones: uno "bueno" (¿hay ladrones buenos? otra hipocresía humana) y uno "malo" ¿quién decide estos preceptos? *El Vaticano* y gente de mentes encadenadas te va a castigar por hereje.

El Vaticano que esconde tanto bajo sus alfombras ultrajadas... el mismo *Vaticano* que convirtió en santo al *Papa* que escondió y protegió a los sacerdotes pederastas y perdonó al obispo pero pidió a las víctimas que callaran... Y si algo sale mal para sus propósitos les echan la culpa al *diablo*... porque el *diablo* los tentó... o fueron poseídos por el *diablo*... o el *diablo* se les metió en cuerpo y por algún sitio tendría que salir el *diablo*, y a veces *el diablo sale por donde menos te imaginas, lol*... hasta por el roto más pequeño, depende, *lol*. Y *el diablo* es un invento para controlarte como tantas fantasías creadas para esclavizar las mentes de los incautos que les rezan a figuras de yeso pidiendo y agradeciendo favores y no se dan cuenta que si algo han logrado es por su propio esfuerzo y no por el supuesto *santo*...

El mismo *Vaticano* que no supo explicar la muerte del *Papa Juan Pablo I*, envenenado mientras desayunaba y quien traía muchos cambios a la iglesia. El *Vaticano* donde sus representantes usan vestimentas de mujeres... y los lujos llenan los templos y donde el día de la canonización de los dos expapas hubo un suculento banquete mientras tantos niños mueren de hambre en el mundo... Huuuu-yyyyy de eso no se habla. Piensas. No fue tu culpa que a *Jesús* lo clavaran divinamente y pasivamente en la cruz, la que tuvo que cargar y no se negaba a hacerlo porque sabía que estaba escrito, y punto.

¿Quieres más de ese libro? Conoces muchas historias incongruentes que han sido deformadas por los tiempos. Como la del amigo del sacerdote que supuestamente se quedó dormido y al despertar habían transcurrido sesenta años. Y buscó a sus amigos y no halló a ninguno pues todos habían muerto o se habían ido a otras tierras. ¿*Rick van Wrinkle* bíblico? ¿Analogías? ¿Aducciones? O, la historia de *Jonás* tragado por una supuesta ballena, o un pez inmenso... o... ¿una nave anfibia de tiempos ancestrales construida por seres de otro planeta? *Discovery Channel* alimenta esas historias y las hace más creíbles. ¿O es ese libro de tantas ficciones el *Discovery Channel* de aquella época? ¿O como una aducción como la del *avión de Malasia* que no dejó huellas y hasta en Australia buscaron sabiendo que el avión fue raptado por seres de otro planeta? Y aún no lo encuentran a pesar de tanta tecnología en estos tiempos... Sonríes. Analogías, solo analogías, no se asusten, total: *Buda* supuestamente también caminó sobre las aguas como *Jesús* pero eso no se puede decir... Namasté. Piensas.

Y *El Vaticano* se defiende de la protección diplomática que les aplica y se escudan de tecnicismos legales para callar sus pecados espirituales y pederastas... Justicia divina o justicia de hombres. *Las manos sucias terminan por contaminar el alma.* A ti siempre un hombre con faldas te ha dado qué pensar... ¿Quién tiene su alforja libre de pecados? Porque vacías no van. Allá los que no quieran ver la realidad de esa extraña figura que recorre los púlpitos de templos opulentos y poblados en miserias... *Nietzsche* lo señaló pero fue juzgado... *Nietzsche* es inmortal porque seguimos hablando de él como si estuviera y tú un pobre mortal que emprende el éxodo de tu tierra. ¿Tu tierra o la tierra cedida a los estadounidenses terminando el siglo XIX por aquellos malos administradores españoles que la descubrieron y mataron y exterminaron bárbaramente a los pasivos taínos venidos de Suramérica? ¿O se dejaron exterminar los pasivos taínos pasivos venidos de Suramérica? Piensas.

Y como dijo la fiscal federal doña *Rosa Emilia Rodríguez*: *"¿Qué nos haríamos si no los tuviéramos?"* y vinieron los *federicos* como dice *La abogada hombruna López Mulero* y se llevaron al cura de Caguas, huuuuyyy, ¿cuántos más se van con él? Y días antes cayó un rayo sobre la cúpula de una iglesia en tu país como señal de que algo raro pasa en la iglesia católica, pero los incautos siguen aferrados y no quieren ver como dice *Shakira* en su canción: *"como ciegos, sordos, mudos"*... y tú señalas estas cosas y te critican y se burlan de ti y te llaman hereje y ateo sin remedio y te miran de reojo como si fueras poca cosa o por lo menos eso quieren hacerte sentir... y hacen *bu-*

llying de ti y tu respuesta es siempre que eso ya estaba escrito en las *Dramáticas profecías de la Gran Pirámide* del escritor mejicano *Rodolfo Benavides*. Libro que leíste en los años setenta y que contesta lo que está ocurriendo en el mundo actual... nada te extraña... Ya tú lo leíste... como muchos y muchas han leído la *Biblia* y dicen que todo allí es cierto... Piensas y no repites como papagayo los comentarios de los incautos.

La bolsa pesa menos cuando lo que llevas tiene tanto valor. Cargas en la maleta azul el *DVD* y el libro de *Orlando*, obra magistral de *Virginia Woolf,* una escritora inglesa fuera de época. Y te refieres a los estados de ánimos que habrás de encontrar dondequiera que vayas. Y como *Orlando* te tocará descubrir mil mentiras acomodadas por la historia para que parezcan bonitas. *Orlando* que como escritor amateur se enfrentó a muchas épocas para develar los misterios de historias torcidas. Con su obra *The Oak Tree, Orlando* diseñó el modelo crítico de una época y descubrió que en *Shakespeare* también había misterios ofuscados por una sociedad que quiere trazar los caminos de los demás. *Orlando* que tuvo sus transformaciones y vivió por tres siglos para poder delatar la falsedad de las acciones sociales. *Orlando* que conjuga lo real con lo irreal para crear ese juego tan característico de los escritores y que solo los lectores voraces y astutos suelen describir. *Orlando* también es la biografía de *Virginia Woolf* como hacen muchos escritores al contarnos sus *ficciones*. Con *Orlando, Virginia Woolf* se adelantó a la época.

El mundo se compone de tantos entuertos, como decía el ingenioso personaje del *Quijote,* y tú no intentarás resolverlos, sino lidiar con ellos para respirar las razones que congelan las mentes vacías de los establecidos en el área. Tú vas a modelar tu estilo de vida, jamás a imponerlo. Ellos deberán descifrar cuáles son tus virtudes y no las proclamarás como sello de estatus. Eres y serás siempre lo que dices y/o lo que callas. Sin máscaras. Sin falsas idolatrías de un dios porque el nombrarlo suena bonito a los demás y caes bien con los discursos. Eso no eres tú. Te enternece la hipocresía de escuchar las mil bendiciones recibidas del supuesto dios en cada actividad; ese dios que solo mencionan cuando tienen un pedo atorado para que les resuelva todo. *Pero dios se ha convertido para muchos en solo un pretexto para vivir.* Porque si pusieran en práctica verdaderamente lo que le pide ese dios —y ninguno lo hace—, vivirían en absoluta armonía; hay hasta quienes han intentado matar sin remordimientos, envenenando con mentiras, pero son los más cristianos y hasta el mismo *Papa argentino,* con su carita inocente y bonachona, dijo que le robó el crucifijo a un cura muerto y te preguntas *¿y robar no es un pecado? ¿Y robarle a un muerto?* Y el *Papa,* con su carita inocente y bonachona, robó y no recibió castigo... si tú robas de seguro te castigan... Pero bueno, el *Papa argentino,* con su carita inocente y bonachona, lo hizo y lo confesó y es un *gran Papa* porque es argentino. Boberías. Piensas que robar es malo y punto.

Eres esencia de verdad aunque no te lo digan; aunque no te den el reconocimiento, muy dentro de ti sabes saborear la realidad tuya. Muchas veces no es lo que ven. Siguen en *La caverna*... ellos muy ofuscados en vivir de sombras sabiendo que las ideas de la realidad están en la luz y no en su proyección. Reniegas de triunfos porque los consideras eventos fatuos cargados de hipocresías. Estás harto de la vanidad en las palabras del mentiroso (*donde lo cierto se hace dudoso*) que dice lo que no siente y te arde el estómago cuando tienes que sacar a flote frases que no sientes, pero que hacen felices a los demás. Eso sí es arder en hipocresías de sueños baratos que corroen los egos. Nunca has buscado la medalla. Nunca has buscado el diploma para colgar en la pared y que coja polvo en una esquina de la pared como letras sin sentido que poco a poco se van diluyendo en el marco marrón que las limita... y se convierten en hojas amarillas que poco a poco devorará el implacable paso del tiempo.

Ellos siempre hallan una excusa. Buscan responsabilidades en todo lo que haces. Hacen lo indecible para rebuscar en los errores que alguna vez cometes y no en las acciones positivas que siempre has realizado. De cien actos: noventa y nueve positivos y uno negativo, pero ese es el que usan para evaluarte. Ese es el que usarán para calificarte. Detestas ese postulado de la falsedad social. La razón que mueve el planteamiento es tan irrisible y mezquina que produce náuseas a la hormiga virgen del jardín de tu casa. Así de insignificante. La hormiga virgen y laboriosa morirá de náuseas y no tendrá un entierro; los rayos ardientes del sol la quemarán y el viento esparcirá su débil coraza que la envuelve. Tú seguirás caminando por el jardín donde otra hormiga virgen y laboriosa ocupará el lugar de la devorada por los rayos ardientes del sol, y tal vez también sienta náuseas por los razonamientos de la gente y morirá y será devorada por los rayos ardientes del sol... y vendrá otra hormiga virgen y laboriosa a ocupar su lugar... Piensas.

Una voz se apodera de tus interiores y te dice: "*Marcha adelante, no te rindas.*" Y te vas sin mirar atrás tarareando la canción de *Marc Anthony*... "*...vivir la vida...*" La vida adquiere sentido en cuanto se les presenta como un tránsito, un caminar, un moverse a otro estado... morir es cambiar de estado y morirse puede ser entendido en términos de desprenderse finalmente de todo lo material que les ata a las miserias de este mundo para facilitarles el paso a la eternidad. El morirse es estar dispuesto, con la más sincera humildad, a despedirse de la vida, entregar la existencia que les fue dada, sin rencores ni arrepentimientos, sin culpa y sin dolor. ¿Por qué deciden vivir si saben que van a morir? Porque tal parece que de alguna manera en la vida encuentran el significado de la existencia y en la muerte encuentran el significado de la vida, el convencimiento de la muerte les impulsa día a día a trabajar, a hacer, a producir, sin posponer inútilmente a enfrentar el destino. La presencia inminente de la muerte les pone frente a la responsabilidad, que es la de hacer de la vida el sentido mismo de la existencia... La muerte se define como un espejo en el cual van contemplando su vida entera, la historia personal se presenta como un proyecto común de todos los hombres, de los que están y los que alguna vez vendrán... El diálogo consolador del espíritu con el corazón resuelve su acuerdo de vida en un instante; el corazón ofrece energía para la acción; y el espíritu ofrece un viaje hacia el crecimiento, hacia esa paz verdadera del ser... Entender este postulado, tan lleno de realidades y razonamientos, significa entender que la vida misma no es más que un periodo pequeño de la existencia... y ustedes lo van entendiendo... y sonríes...

Llegas al camino donde debes tomar un descanso. A veces en la vida el ser humano debe descansar de sus cargas. *No siempre es fácil llevar equipajes no pedidos.* Y a ti te ha tocado cargar con tantos equipajes que no eran los tuyos. Como llevar tatuada una culpa de muerte por palabras dichas a tu oído en el teléfono rojo de la sala verde aquella noche en donde la fría soledad te cubría con un manto húmedo y oscuro de dolor y desespero pero tú oías y callabas... y te derrumbaste en un frío banco con olor a muerte cercana y miraste a las estrellas tan lejos y vacías y volviste a respirar y a enfilar un nuevo rumbo en tu vida. Piensas con hondo dolor marcado por la eternidad. A veces se nos presentan cargas que merecen llegar a reflexiones y claudicar en la vida. Te preguntas cuántas veces has deseado la muerte como solución a tus penas, pero niegas respirar fosas ajenas y derramar tu sangre tibia sobre la arena de tu playa. Tu vida se ha presentado como vitrina al mejor postor y a veces es triste no poder gritarles a todos que el cristal de la vitrina es frágil y que lo que se ve en ella también siente y sufre como los demás. Les es tan fácil hallar tus errores pero tu carácter severo les espanta. A veces tienes deseos de descansar en el hombro de alguien y desmembrarte todo para que al menos solo uno sepa lo que sientes. Pero tú mismo les impones barreras con tu mirada fría y severa. Siempre te han hecho esa observación, pero ninguno ha penetrado tu esencia. No es fácil. Nunca lo ha sido. Nunca lo será... y vives bien seguro de ello...

Y recuerdas al maestro *Borges* quien insistió en casi todos sus cuentos, en sus poemas, hasta en algunas entrevistas que muchas veces los reporteros deforman, que un hombre es *"todos los hombres"*. Es en otras palabras, el pensamiento de que el hombre encierra en sí todas las posibilidades de su realidad cosmogónica; el hombre es el microcosmos, pero no se quiere dar cuenta. Y esta idea que *Borges* rescata, definitivamente, no es nueva. Se había discutido hace mucho tiempo en la antigüedad sin dueños, por los cabalistas españoles de la Edad Media forjadores de la nueva raza; se revivió en las afirmaciones de los filósofos que lograron sobrevivir en el Renacimiento, y sigue viviendo hasta el día de hoy, sin mucha importancia, en los manuales populares de teosofía porque las sociedades modernas tienen miedo a la reflexión como bien lo demuestra tu pueblo.

Lo más que te molesta es que quienes leen no aplican a sus acciones lo que leen y predican como loros, pero cuando les toca a ellos no reaccionan. Sus movimientos son tristes y deberían responder como señala *Borges* en *Los ángeles de Swedenborg*: *"Las cosas de la tierra son símbolos de las cosas del Cielo. El sol corresponde a la divinidad. En el Cielo no existe tiempo; las apariencias de las cosas cambian según los estados de ánimo. Los trajes de los Ángeles resplandecen según su inteligencia. En el Cielo los ricos siguen siendo más ricos que los pobres, ya que están habituados a la riqueza. En el Cielo, los objetos, los muebles y las ciudades son más concretos y complejos que los de nuestra tierra; los colores, más variados y vívidos. Los Ángeles de origen inglés propenden a la política; los judíos, al comercio de alhajas; los alemanes llevan libros que consultan antes de contestar. Como los musulmanes están acostumbrados a la veneración de Mahoma, Dios los ha provisto de un Ángel que simula ser el Profeta. Los pobres de espíritu y los ascetas están excluidos de los goces del Paraíso porque no los comprenderían."*

Y tu pueblo lee poco y no escucha su interior... reaccionan a los murmullos y no van más allá. Triste. Tan triste como la mirada de *Dolores Esperanza*, la perrita pitbull que le quemaron la piel y estaba a punto de morir y miraba largamente con la tristeza aferrada a sus ojos. Tu pueblo es eco de un *Facebook* enajenante y frívolo que va destinado al fracaso de reporteros mezquinos y deformadores de la verdad.

A lo lejos se divisa el río... hay movimiento en sus orillas. Policías robustos de músculos definidos, vestidos de color negro y usando gafas oscuras rescatan un cuerpo decapitado de una mujer hallado en la orilla del río. Nada extraño, algo tan común como pelar un guineo en el desayuno de la mañana.

2

EL TIEMPO

"El tiempo es la sustancia de que estoy hecho.
El tiempo es un río que me arrebata, pero yo soy el río;
es un tigre que me destroza, pero yo soy el tigre;
es un fuego que me consume, pero yo soy el fuego.
El mundo, desgraciadamente, es real;
yo, desgraciadamente, soy Borges."

JORGE LUIS BORGES

SE VAN ACERCANDO al río. Les invade una imperiosa sensación de frescura en todo el cuerpo transpirado. Pero siguen de largo. Le miran y le dejan pasar su imparable camino al amplio y azul mar... ven de lejos la escena del rescate del cadáver decapitado de la mujer y siguen... Así eres, muchas veces reflexivo con los elementos creados por la diosa madre de la naturaleza —llevas tres reflexiones que te van a juzgar por ellas—. (¡La de *Jesús* clavado: *"divina y pasivamente* en *la cruz, la misma que tuvo que cargar"*, la del cuestionar su libro sagrado y ahora *La diosa madre creadora,* cuando siempre los demás le llaman dios como si fuera una entidad masculina y te atreves a llamarle diosa!). *Pablo Coelho* lo hace constantemente, pero tú no eres *Coelho* (¡ni quieres ser como Coelho!). *El Vaticano* te va a castigar y ellos también. Piensas que *El Vaticano* es cualquier lugar donde vas... Total, el *papa paquito* le dio vino a los obispos de tu país para que soltaran la lengua y se dejen de estar haciendo política desde el púlpito...

Total, siempre te han criticado y juzgado sin saber nada de ti; solo se imaginan cosas sobre ti, sin pruebas y te echas aire entre las piernas y dejas el escroto al aire. O como dice *Romeo Santos*: *"La envidia se ha encargado de desmentirme."* Esa frase te gusta; la consideras inteligentemente dicha en el ambiente en que transitas. ¡Bravo *Romeo*, yo sí te creo! ¡Bravo y valiente *Romeo*! ¿Dónde estás que no te veo?

El sol amarillo continúa atacando fieramente como lamiendo con sus llamas sus cuerpos transpirados. Tú sonríes ante un sonido agudo que se escucha a lo lejos, entre el ramaje oscuro de los árboles que cuidan el sendero... y divisas sin disimulo a un mozambique que hace el amor —o como se llame en el lenguaje de las aves— a su pareja, y revoletean plumas negras en éxtasis copulativo. El canto se escucha apasionado y lleno de eróticos chillidos. Sonríes. Y envidias la libertad con la que los animales hacen el amor al aire libre y ante todos porque reconocen que todo acto de amor no conlleva ningún misterio. Y envidias a los perros infieles en orgía perruna, a los toros sin cuernos, a los gatos gritones con su espinoso sexo copulando con su gata en la noche sin luna... Piensas que por los tabúes impuestos es que hemos deformado los conceptos de la vida plena. El amor no debe tener barreras ni excepciones a la hora de demostrarlo...

Recuerdas que hoy es sábado y que no hay prisa en hacer las cosas. Ese es el día más lento en sus vidas. Siempre ha sido así. Se levantan a la rutina de los días y viven cada segundo como la inocente arbitrariedad de los empresarios de *Standard and Poor's* y *Moody's*. ¿Cavilarán con conciencia ante sus decisiones? Eso asusta. Pero ustedes se disfrutan cada sábado... y se olvidan por ratos de *Standard and Poor's* y *Moody's*. Sábado como dice *el libro*, que tú sí has leído, y es día del supuesto descanso. Haciendo analogías entre las historias con los sucesos de tus tiempos te ríes de las pasiones trasnochadas de los llamados cristianos. *Ester,* reina de belleza y *Zuleyka* adorando a *Barrea* por asegurar el futuro económico de su hijo, y la critican y no la dejan vivir y hacen como los paparazzis hicieron a *Diana* y le matan con envidias. Porque es envidia lo que sienten por *Zuleyka* por haber sido reina del universo habiendo nacido en humilde cuna y les corroe la envidia como taladro en las entrañas y no la dejan en paz.

¿Cómo cambian las historias te preguntas? *David,* el mismo que mató al gigante *Goliat* en la *Biblia*, llorando la muerte de su amado amigo y suplicando consuelo por ese sentimiento perdido, arrancado de su corazón herido y los del grupo *LGBTT*, suplicando a los gobiernos igualdad en sus condiciones humanas. *David* siendo adorado y los del grupo *LGBTT* siendo golpeados y humillados por la misma sociedad que adora y se conduele del sentimiento amatorio de *David* y su amado amigo. ¿Incongruencias? ¿Visiones religiosas trastocadas por tiempos o por puros caprichos humanos? ¿Alguna diferencia entre el amor de *David* hacia su amado amigo y el sentimiento que reclaman los del grupo *LGBTT*? ¡Vaya usted a saber! Por eso te es difícil comprender al *David* bíblico... o por lo menos no entender a los que creen y siguen en sus actuaciones bíblicas...

El tiempo no será un personaje más de esta historia. ¿Qué afán puede tener si los que van a construir el tiempo son solo ustedes? ¡Qué es el tiempo sino ilusiones clandestinas de magos domadores de rústicas etapas humanas! ¿Qué es el tiempo? Preguntaste a *Borges* y solo te dio metáforas retorcidas para lúdicas ilusiones de espacios irreales en dimensiones sin medidas. *Borges* señaló en su *Diccionario privado*: "*La eternidad, anhelada con amor por tantos poetas, es un artificio espléndido que nos libra, siquiera de manera fugaz, de la intolerable opresión de lo sucesivo. El tiempo es un problema para nosotros, un tembloroso y exigente problema, acaso el más vital de la metafísica; la eternidad, un juego o una fatigada esperanza. El universo requiere la eternidad. Los teólogos no ignoran que si la atención del Señor se desviara un solo segundo de mi derecha mano que escribe, ésta recaería en la nada, como si la fulminara un fuego sin luz. Por eso afirman que la conservación de este mundo es una perpetua creación y que los verbos conservar y crear, tan enemistados aquí, son sinónimos en el cielo. La eternidad no es concebible, pero el humilde tiempo sucesivo tampoco lo es. Negar la eternidad, suponer la vasta aniquilación de los años cargados de ciudades, de ríos y de júbilos, no es menos increíble que imaginar su total salvamento. El hombre vive en el tiempo, en la sucesión, y el animal, mágico, en la actualidad, en la eternidad del instante. El pasado es la sustancia de que el tiempo está hecho; por ello es que este se vuelve pasado enseguida. El propósito de abolir el pasado ya ocurrió en el pasado y -paradójicamente- es una de las pruebas de que el pasado no se puede abolir. El pasado es indestructible. Tarde o temprano vuelven todas las cosas y una de las cosas que vuelven es el proyecto de abolir el pasado. No hay otro tiempo que el actual. Nadie ha descubierto el arte de vivir en el pasado o en el futuro, de modo que todos los escritores son actuales, lo han sido o lo serán."*

Y se quedó igual; no se dio ninguna respuesta que satisficiera al hombre actual. Porque el hombre de la actualidad quiere medirlo todo. Y en su afán de estar midiendo pierde lo esencial... El tiempo será eso: algo que no tiene explicación... Si *Borges*, el maestro, no le dio una definición definitiva menos tú, un simple mortal. *Borges* es eterno en el tiempo... tú comienzas a desplegar alas.

El camino es largo y en cada paso arrastran recuerdos dejados. No miran hacia atrás porque saben que no habrá retorno y de hacerlo ya jamás será lo mismo. No les pase como a la esposa de *Lot* que por mirar atrás se convirtió en estatua de sal. Lot, sobrino de Abraham, y esposo de *Edith* marchó con ella y sus hijas; pero *los ángeles enviados* por *Yahvé* les avisaron que *Sodoma* y *Gomorra* serían destruidas y no deberían mirar hacia atrás. *Edith* desobedece y se convierte en un cúmulo de sal... y luego las hijas de *Lot,* para dar seguimiento a sus generaciones, le embriagan y de manera incestuosa logran su propósito de seducirlo. Lindo ejemplo que aparece en ese libro y que hoy juzgamos al señor de un pueblo de la islita que tiene dos niños con su nieta y le acusan de incesto cuando en el libro sagrado lo celebran. Incomprensibles realidades del discurrir humano cuando juegan con sus elocuentes digresiones. La misma historia, diferentes actores... incesto es incesto aunque lo diga el *sagrado libro*... acomodas tus ideas como mejor te conviene... como no besas traseros para satisfacer los egos ajenos los demás te dejan caer a un lado, pero tu grandeza no depende de ellos, ni de sus hediondos traseros; en tu interior llevas el éxito marcado. Vives como rey sin súbditos porque así lo has querido... y al que no le guste tu forma de ser que se raspe lejos... Piensas.

En el errático caminar parecen a los personajes del cuento de *Cortázar, Casa tomada*... que abandonan la casa por los ruidos misteriosos que le habitan, tú e *Irene* huyendo de rumores que creen escuchar en una casa que les tomó tiempo limpiar y cuidar... y de pronto, reflexionas con las palabras de *Julia* con su río: "*alárgate en mi espíritu*", y así le dices al camino. Alárgate en nuevas ilusiones... Alárgate en nuevos pasos... como pasos de gigantes en las tierras donde el gran *Quijote* luchó sus aventuras. Y en el cavilar sonríes y le miras; siempre al compás de tus locuras. Te detienes a pensar en el rostro rojizo por la fatiga del camino. Ella va distraída. Ni percibe que penetras con tus ojos sus pensamientos alargados en el camino. Recorres sin querer tu mirada por el paisaje azul que tanto dibujaste de niño. Tus pasos son firmes en el terreno rojizo que pisas. Y lo haces recto sin serpentear en los movimientos. Ya los vecinos quedaron atrás y han dejado que marchen sin dilatar el recorrido. Ya no hay miradas clavadas en sus espaldas. Se siente bien. Como debería ser siempre.

¿Llegarán con ánimo al nuevo terreno? Esa no debe ser razón ahora para sus pensamientos. Ya emprendieron camino... y no hay fatigas en el cuerpo cuando se piensa en nuevas fortalezas positivas, donde los mitos no tienen cabida, ni responden a consecuencias. Van alegres, llenos de fe y nuevas esperanzas; viaje sin regreso...

Razonamientos que se hacen en burbujas de eternidades ancestrales cuando se juega con la fugacidad de la vida. Razonamientos convertidos en madejas de voces impostoras en la penumbra de los pensamientos. Dijiste que no ibas a filosofar sino a vivir tu vida sin reclamos en aspiraciones más allá donde tus brazos no puedan abarcar. Y al igual que *Irene* y su hermano allá en el cuento de *Cortázar*, van, tú y ella como siempre. Alargándose entre las luces que les dan vida... Les dejaron las llaves, no como en el cuento que las lanzaron por el agujero de la alcantarilla, las dejaron en las cerraduras para que puedan entrar y salir confiadamente. Para entrar y salir confiadamente como siempre hacían los ladrones cada vez que había anuncios de tormentas y la casa quedaba sola y la vecina —que todo lo escucha y todo lo ve— al parecer cuando había anuncios de tormentas se quedaba sorda y ciega aunque su nieta decía que ella escuchaba ruidos en la casa. ¿O eran los ruidos que escuchaban *Irene* y su hermano en *Casa tomada*? A veces no sabes si creer lo que vives pues te parece como cuentos leídos; es como un *déjà vu* que te invade cuando menos lo imaginas. Y piensas.

En eso vas pensando en tu éxodo con las maletas llenas de libros y el *DVD* de *Orlando* escrito por *Virginia Woolf*. Como *Orlando* que fue construyendo su mundo a través de tiempos e historias. En eso vas silenciosamente construyendo un nuevo sendero; tal vez el último que recorras en la esfera porque ya los mensajeros del implacable tiempo se avocan vertiginosamente sobre tu cuerpo cansado y lleno de arrugas y tanto cansancio en los ojos casi cerrados de tu faz. Ahí vas como mártir al calvario y llevas tu cruz pesada y ardiente. Y nadie escribirá un epitafio cargado de hipócritas mentiras sobre tu fría tumba porque no lo necesitas... Llevas todo lo que deseaste dejar atrás. A veces sin sentido en el alma cansada de tanto dolor recibido por ajenas posturas que fueron segando el trigo que recién plantabas y se fueron diluyendo sin piedad entre las arenas estériles del desierto de ideas en tu pueblo. Pueblo marginado en las esquinas de los semáforos en la espera de un cambio de luz que no llega. Tristeza amarga de congojas en voces mudas de proyectos donde la repetición sin frutos es lo que impera. Donde las voces en competencia colectiva murmuran engaños y rumores de algo que no llega. Hacen lo mismo viendo que nada les ha resultado... y el tiempo se les escapa de las manos como burbujas de detergentes que se disipan en el aire comprimido en la misma esfera sin espacios. El tiempo como amargo verdugo de simétricos pensamientos cargado de aforismos eunucos en los palacios de la imaginación. Triste razonamiento cuando sabes que todo lo medimos a base del tiempo... la concepción... ese tiempo que se debe esperar para ovular y el tiempo para llevar el embrión en el cuerpo para formar poco a poco lo que conocemos como ser humano...

Tiempo para lograr alcanzar tantas metas que nos imponemos en el recorrido por la esfera azul que se formó con el tiempo y así medimos las horas que gira sobre su eje para regresar al mismo sitio... eso piensas... eso te han hecho pensar...

Tiempo para destacar lo que verdaderamente merece pensar: lo que eres, lo que vales, lo que quieres... no en vano te has ido moviendo por la esfera azul y te das cuenta que lo has hecho solo... que tienes un cerebro que es tuyo y que se hizo para pensar, no para dejarse manipular por tantos insensatos que a diario se cruzan en tu camino... triste es advertir que si no has pensado en eso se te acaba el tiempo...

3
CASA TOMADA

"Did you ever know that you're my hero?
You're everything I wish I could be.
I could fly higher than an eagle,
'cause you are the wind beneath my wings."

WIND BENEATH MY WINGS

¿POR QUÉ EMPRENDIERON camino? No lo saben. Ansias de libertad o búsqueda de una mejor calidad de vida... algo se les ocurrirá para saciar las respuestas que vendrán en el futuro...

La marcha es lenta, pero segura; de eso no hay duda en sus pensamientos. Conscientes de los nuevos retos a que habrán de enfrentarse. Y de pronto llegas a la estación de trasbordo. Sonríes a la joven que lleva un niño llorón en sus brazos y le calculas apenas dieciséis años en su acelerado tiempo de vida. Una chica de ojos brillantes pero cansados por el desvelo y el llanto de su niño... Recuerdas que está generación *"mastica su bocado antes de este llegar a su boca"* y sigues el paso... o como dijo el político sobre ellas que *"se embarazan para recibir el Wic y la tarjeta de la familia para tener alimentos"*... grosero comentario de un hombre que dirigió el pueblo por cuatro años dejándolo destruido... Hombre que vive del cuento de los demás, como político fatulo de una patria sin estrellas. Y hoy su mujer también se acomodó entre los adiposos representantes del palacio de mármol como en recompensa heredada para mantener el status de mentiras los que han manejado tu pueblo.

El portero vestido de azul oscuro te sostiene una maleta en lo que buscas el boleto de entrada. En tu camisa verde militar con bolsillos en las mangas has guardado los boletos y al sacarlo para entregarlos al portero, los sientes húmedos por el transpirar de tu cuerpo. Ya ella no te acompaña porque en este recinto techado no entra el sol. Te acompañó fielmente durante todo el camino como siempre... en silencio, alargándose por momentos... ya no está...

El portero vestido de azul oscuro coteja diligente bajo sus anteojos negros la información que contiene el boleto. Asiente con robótica expresión aprendida por el tiempo para indicarte que todo está en orden. Te dice con sus dientes amarillos manchados por la nicotina del cigarro: "Bienvenido a bordo señor Oscar Rivera." Y sonríes. Te devuelve su sonrisa amarilla bajo un bigote también amarillento que parece una brocha que ha sido usada muchas veces en una rústica pared con pintura barata. Se inclina levemente y te cede el paso. Agradeces con una leve sonrisa artificial y distraída como paloma cagona sobre estatua en el parque y te pierdes en el andén del trasbordador...

A lo lejos ves una mujer con un enorme trasero bien formado y te recuerda a la famosa artista de los años *70* y *80*, *Iris Chacón* y su famoso *coolant*. Sonríes. Piensas en la canción: "*si tu boquita fuera de mayonesa, yo me la pasaría besa que besa.*" Sonríes. Piensas. De verdad que como *Iris Chacón* no ha habido nadie ni habrá jamás. Ha sido la mejor *vedette* del país; hizo el *crossover* mucho antes que *Menudo* o *Ricky Martin* y otros. A pesar de no tener una voz privilegiada llenaba el *Hilton* cada temporada (era la niña mimada del *Caribe Hilton*) y su programa de *tv* era número uno en encuestas sábado tras sábado. Su sencillez y dulzura enloquecía a las masas. Era muy querida por las mujeres pues les mantenía a sus maridos todos los sábados en la noche en sus casas para ver el *coolant* de *La Chacón*. Sábado tras sábado entregaba lo mejor; o como dice el personaje de *La guaracha del Macho Camacho*, novela de *Luis Rafael Sánchez*: "*La Chacón mapeó el piso con sus nalgas este sábado*". La *tv* en tu país es antes de *Iris* y después de *Iris* porque *Iris* puso a bailar a todos los demás artistas; "*no sé qué tiene su movimiento*". *La Chacón* marcó una historia en el tiempo... *La Chacón* es leyenda. *La Chacón* siempre será una diosa; *La Chacón* es y será siempre *La Chacón*... Sonríes.

Acomodas tu equipaje de mano en el compartimiento para ello, las maletas con libros y el *DVD* de *Orlando*, película de *Virginia Woolf*, que es lo único que llevas... y adelantas la mirada entre los pasajeros, todos ansiosos y en movimiento como hormigas en un piso lleno de migajas de pan de canela y piensas que hay tantos rostros perfectos para la muerte y piensas que muchos de ellos parecen sepultados en vida; aún ella no está, hay espacios cerrados... Rostros cansados por los viajes sin sentido; como dicen los tontos de trescientos sesenta grados sin darse cuenta que lo que dicen es que la persona retorna al mismo sitio y no que se halla en la otra orilla... Viajes recorridos sin esperanzas; viajes impulsados por los reporteros de *Univisión*, maleteros del régimen atontado del status inmovible.

De pronto recuerdas aquella escena de la película *Slumdog Millionaire* cuando mutilan a los niños talentosos para que pidan dinero en las calles y se te revuelve el estómago instintivamente cuando comparas a los niños que ves a través del cristal de la ventana del trasbordador que te alejará de ese triste paisaje como pintura grotesca de *Goya*...y el personaje de *Jamal Malik* buscando a *Latika* se vuelve realidades de un mundo que camina con la cabeza en lo alto, pero de acciones rastreras de humillaciones humanas donde en este país "*hay tantas iglesias como tanta miseria*". Y eres como *Jamal*, un personaje cargado de tantas realidades como siempre tatuadas en tu cerebro. Y rumias el postulado aprendido hace años: "*Ser rico es un pecado y que el que es pobre es por gusto*". Como siempre te vas acostumbrando a ver las cosas como los demás y te da pavor aceptarlo por las incongruencias que revisten sus planteamientos. Y te das cuenta que estás vivo porque no renuncias a las posibilidades. Vives porque irradias luz dentro de ti. Y en ti no falta el oxígeno para pensar. Ya has señalado que cada paso que das ha sido ensayado en tu mente antes de darlo.

Recuerdas que es sábado y que en algún lugar estarán festejando este día con los desenfrenados placeres avocados del pueblo fiestero de donde provienes; muchos estarán de *chinchorreo*, como les ha dado por llamarle. Allí todos los días son de fiesta; celebran más días que los días dedicados al trabajo y luego se preguntan por qué la economía no crece, ¡si no hay producción en los trabajos, no puede haber producción en el alza económica de un pueblo! Pasmosas ironías del comportamiento humano. Ahora una legisladora *amateur* quiere añadir un día más al calendario festivo y las focas le aplauden; ¡más fiesta, y el pueblo yendo al barranco de la chatarra! *Standard and Poor's*, *Moody's* y *Fitch* celebran y el pueblo callada y pasivamente se jode.

Pero a eso no es que tu pensamiento se enfoca; te desvías del tema con la virilidad vana del sentir de tu raza. Aquella donde todo el tiempo advierten de los pasos a dar y se les indica de los riesgos que deben atenerse si no los siguen. ¿Y qué hacen? Caen de nuevo en el barranco inerte de las evocaciones del pasado donde el proyecto no ha funcionado y le siguen dando respiración. Unas veces por los medios, y otras veces que se dirigen como reses al matadero dejando en el camino sus pezuñas humanas sin sentido. Cada tiempo hacen lo mismo, acostumbrados a quimeras pasadas, ensombrecidas por fotografías en blanco y negro de tiempos lejanos. Donde ya ni la bandera representa los colores que dieron sus inicios al status; la nueva bandera ha perdido el color, como el mismo pueblo va perdiendo su esencia por el éxodo masivo a través de los años. Pueblo abocado a vivir en la miseria del recuerdo. Carcomidos por hambrunas del reconocimiento de estrellas donde todos tienen títulos en sus cabezas, muchos ingenieros, supervisores y doctores y el pueblo enfermo. Ya lo decía *Manuel Zeno Gandía* y siguen en *la charca*, hundidos hasta el *cu...ello*.

Hasta el *bichote* del punto quiere su reconocimiento donde quiera que llegue. Y te parece que tu pueblo es en conclusión: toda una rémora de ambiciones personalistas donde llegan al capitolio por herencias y allí encuentras el hijo del padre, y el nieto del abuelo, haciendo lo mismo; dando vueltas a la rueda que ya no funciona —no crees que alguna vez funcionó— y ya no rueda, sino que se estanca entre el mármol manchado de las paredes legisladas con leyes absurdas, sin sentido. Y los escuchas en las entrevistas radiales *"yo soy nieto del que fue senador en los ochenta"*... y los reporteros embobados y convertidos en fotutos populetes no se atreven preguntar y *¿qué medida de envergadura hizo su abuelo para ayudar al pueblo?* Y así siguen con las ínfulas al aire y nada aportan... pero si ese mismo *heredero* del poder senatorial fuese penepé les caen encima con diatribas arrinconantes y llenas de comentarios insidiosos para hacerlos menos... Así es aunque no quieras distraerte en esos pensamientos, están ahí como tatuajes en tu piel. Y a muchos les molesta cuando les señala tus ideas porque navegan en el mismo bote culpando al que estuvo antes sin producir una sola idea nueva... caramba, no es el que estuvo sino que el que está no tiene la capacidad de sacarlos del hoyo. ¡Puñales!

Y van repitiendo los mismos pasos por las mismas calles sucias y sus mismos zapatos gastados. Levantando el polvo que dejó la última fiesta enrejada para el cateo donde el *santo* no fue recordado, pero el bacanal profano de la fiesta a *Dionisos* se libó hasta la saciedad, y la prensa callada buscó otros temas para que la *condesa del caño* resultara sin máculas. Una fiesta pagana con alcohol en las cunetas y la prensa muda. La prensa cómplice de lo que está sucediendo en tu pueblo. *"Lo que es bueno para el ganso es bueno para la gansa."* Pero aquí hay dobles varas para medir las acciones. Piensas.

—Disculpe, ¿a su lado va alguien? Veo el asiento disponible.

Pregunta el pasajero; sosteniendo con firmeza una funda de colores en su mano derecha y un hilo de sudor asustado entre las sienes encanecidas. Y su voz falsa y asustada como su cuerpo te trae de nuevo al espacio del trasbordador que te llevará al destino programado.

Le miras sin emitir respuesta, de manera instintiva, y luego mueves la cabeza en señal de que el asiento está disponible. Sigues observando detenidamente y sin interés los ademanes del serio pasajero quien coloca su funda de colores firmemente y con sumo cuidado en el espacio asignado para el equipaje de mano, y le ves cerrar sistemáticamente y lentamente el compartimiento. No emites aún palabra alguna con él, pero evalúas cada movimiento robótico de su cuerpo asustado y calculas su edad, condición social, manías y defectos. Todas las labores que aprendiste de los otros... y te ríes muy adentro.

—Hola, mi nombre es Fabián, viajo hacia...

Tú escuchas su voz lejana y falsa porque en verdad no te importa saber quién rayos es esa persona ni te interesa saber de dónde viene y a dónde va con su funda de colores. Lo que te preocupa es que tendrás que compartir tu espacio con alguien por ciento cuarenta y cinco minutos y no hay motivos para entablar conversación. Sonríes por compromiso y te haces como si tuvieras sueño para que este entienda tu mensaje. Cierras los ojos y callas.

Llega el olor de su perfume y analizas: *Code Sport de Armani*. Piensas en las razones que llevan a Fabián a viajar porque si usa ese perfume es un hombre audaz, organizado, sistemático, apasionado y luchador. Piensas que parece un buen hombre; tal vez incomprendido por alguna mujer por su solitario viaje. Una mujer que deja atrás o le espera en la otra orilla. Porque un hombre como Fabián que viaje sin una mujer se convierte en un enigma... Te preguntas qué contendrá la funda de colores que colocó con tanto cuidado en el compartidor. Evalúas su reloj: *Cartier*, su jean gastado, pero limpio y su chaqueta azul marino, abierta, con dos botones dorados con diseños de anclas con sogas y su polo azul cielo. ¡Debe ser un lobo de mar por su pinta! Ahora sientes el deseo como vecino cercano de conocer, pero qué va, no te importa quién rayos es Fabián, el pasajero sentado a tu lado, de sienes encanecidas y un hilo de sudor corriendo asustado entre ellas. No te importa... otro más gracias a *Standard and Poor's* , *Moody's* y *Fitch* piensas y sonríes en tu interior para no seguir cavilando.

Y la casa fue tomada por: *Standard and Poor's, Moody's* y *Fitch*... Piensas. Viajan acorralados en el trasbordador sin necesidades visibles hasta ahora. Cada pasajero carga lo que pudo del *chatarrazo* económico. Unos llevan niños llorones e inquietos, los que abandonan las escuelas públicas y privadas del país, haciendo también más difícil la recuperación económica del país. Escuelas abandonadas que sin matrículas deben cerrar haciendo que haya también menos maestros, por lo tanto la fuerza laboral también se afecta. Aunque muchos maestros se quejan que se quedan sin trabajo y no se dan cuenta que las escuelas se quedan sin estudiantes y si no hay estudiantes no hay trabajo y si no hay trabajo hay desempleo y si hay desempleo no mejora la economía y si no mejora la economía continúa el *chatarrazo*...

Miras al fondo y ves a la dama que te recordó a *La Chacón*. A su lado se ha sentado un niño vestido de azul. Piensas que es otro que se matriculará en las escuelas de algún condado donde va, dejando las escuelas de tu pueblo sin matrícula. Donde los conserjes pelean por el área asignada y el cambio constante en el horario de trabajo, y si se les ordena que lo hagan llaman al consejero de la unión, el mismo que les coge cada quincena su tajada del sueldo, para que los defienda del director injusto y malo de la escuela que quiere hacerlos trabajar... mientras el patio y los pasillos de la escuela siempre están sucios. Piensan que pasarle una escoba al salón es suficiente y dejan lo demás sin recoger bajo alguna planta donde luego será regado por el viento o algún animal nocturno y rastrero que pulule en el silencio. Y los sindicatos que los cobijan les defienden cada letra marcada en el convenio y atan las manos del administrador de la escuela que siempre se queda solo. Ese el que menos ayuda recibe de todo el sistema y siempre será visto como el responsable de lo malo que pase en la escuela, pero jamás como el agente innovador de cambios positivos si estos ocurren en ella. Es uno solo en la adversidad y es tal vez parte de un equipo si este prospera. Ironías de la comunidad a la que sirve y no le reconoce su labor...

Más adelante ves una joven con sus audífonos blancos puestos antes que el piloto dé la orden de apagar cada equipo electrónico para que no interfiera con las señales del transbordador. Esa joven irradia alegría en su rostro. Va para una entrevista de empleo, piensas... porque no tiene futuro en su pueblo. Va para una entrevista de empleo porque se ve alegre y llena de esperanzas en su rostro hermoso. Va para una entrevista de empleo porque reconoce a tiempo que el progreso se tiene adelante; dejando atrás lo que no funciona... va alegre como mariposa en primavera.

4
Bachateando con Caperucita Roja
Bachateando avec
Le Petit Chaperon rouge

"Loin des peuples vivants, errantes, condamnées,
A travers les déserts courez comme les loups;
Faites votre destin, âmes désordonnés,
Et fuyes l'nfini que vous portez en vous!"

Delphine e Hippolyte
Charles Pierre Baudelaire

Aún con tus ojos cerrados, haciéndote el dormido, piensas que todos andan en busca de consuelo y que se refugian en el primer resquicio que encuentran en las paredes. El triste, flaco y sucio perro callejero busca un amo responsable que le saque de la calle y le lleve a su casa y le bañe y le saque las pulgas y le cuide y le dé de comer y juegue con él. Piensas.

No es raro ver tanta diversidad de rostros en este lugar. Encerrados como salchichas en lata o sardinas apretadas. Y el ser humano muchas veces se siente como pájaro enjaulado siempre en búsqueda de su libertad; libertad para volar por los azules cielos habitados por dioses metálicos e invisibles. Libertad efímera en el pensamiento de los genios. Piensas. Y la luz del día se va guardando entre unas nubes rojizas en el horizonte lejano. Horizonte rojizo desdibujado por la oscuridad que se aproxima.

No quieres cometer errores y claudicas a la conversación con este desconocido sentado a tu lado y que ha colocado sistemáticamente una funda de colores en el compartidor... Un desconocido que tal vez tiene las mismas ilusiones que tú entre sus pensamientos y que viaja para liberarse de un pueblo estancado en el tiempo. Un pueblo que a veces parece encaminarse a dar un paso adelante pero que otras veces retrocede miles de pasos al pasado. Un pasado que no siempre fue próspero porque es un pueblo que siempre ha sido atacado por el germen acomodaticio de la corrupción. En los inicios del nuevo destino sufrió por un personaje misterioso llamado por el *hombre del chaquetón verde;* hombre con influencias en el gobierno pero que la prensa oculta para hacer del *artífice* un hombre sin máculas. Desde ese primer personaje en esta era es que el tono de la conveniencia social se apoderó de muchos.

Recuerdas aquella explicación que te dijo un profesor en la universidad en cuanto a las mujeres de la buena vida: *"Vive y deja vivir."* Como queriendo explicar con esa frase que no se juzga a las personas por sus actos ni apariencias porque estás en un mundo de constantes fantasías estilo *Disney* donde las ciudades son cartones ilusorios que resguardan un mundo en desorden y constante cambio.

Y así *Caperucita* dejó de inquirir al *Lobo* sobre sus fantasías, porque descubrió que en la piel del *Lobo* también ardía sangre roja como en la de ella, que ambos, en simbiosis mamífera también se respira y se siente. Y el *Lobo* luego de saciar la sed del cuerpo de *Caperucita* se fue, vendió los derechos de su biografía a la *Disney*, para que hablarán bien de él y viajó a New York, como dice *Pedro Valdez*, escritor dominicano, y se refugió en *Wall Street* para hacer dinero y emprender una carrera como político, donde por ser audaz, astuto y villano, fue exitoso. Y la *Caperucita* fue a solicitar el *Wic* porque el *Lobo* le dejó embarazada de una criatura mitad hombre-mitad lobo... un licántropo como el hijo de *Klaus* y *Hayley* en *The Originals*... y *Caperucita* nunca muere porque las vemos en cada *yal* con *dubi dubi* cuando van a *Walt Mart* los sábados con sus pantalones apretados y puestos casi casi en la ingle a comprar sombras azules y color de rosa para los ojos cansados de tanto llorar por su hombre *"maltratante"* y abusador consumidor de perico y mariguana pero al que no abandona... Ironías de este mundo vano y castrado de verdades donde cada uno se aferra a ellas como dueños absolutos. Así pensaste sobre el aspecto de Fabián, tu pasajero de al lado con las sienes encanecidas y el hilo de sudor asustado que las recorre y que guardó sistemáticamente una funda de colores en el compartidor…

Y recordaste a *Magali García Ramis… Magali García Ramis* es una escritora puertorriqueña que, como muchas otras, no ha escapado a las clasificaciones generacionales y muchos la sitúan en la llamada *generación del setenta*. Esta generación de escritores y escritoras puertorriqueñas, que aún continúan presentando sus obras, se distingue por la presentación de unas voces que habían sido ignoradas o pocos trabajadas en la literatura. Entre estas voces los escritores y escritoras destacan la actitud irreverente hacia la realidad y la tradición; creando una reinvención de lo histórico, haciendo hincapié en la historia de la mujer o de lo femenino.

Al *Magali* enmarcar en su obra cada una de estas voces se le presenta la oportunidad de desempeñarse como una escritora rebelde por las reflexiones de los temas y el vocabulario utilizado. Como periodista, *Magali* penetra en el pensamiento de los lectores dando el matiz apropiado en la reflexión de su obra literaria. Cuando la escritora señala sobre un tema es porque conoce que el lector padece los mismos sentimientos y muestra esa empatía con el lector que es tan necesaria para la proyección y difusión de su obra. Un ejemplo de esto es su ensayo *Hostos bróder, esto está difícil*, en el que enmarca una voz narrativa de un estudiante universitario víctima de un accidente en la carretera luego de haber asistido a una ponencia sobre *Hostos* y los valores morales; aquí *Magali* infunde al personaje de esa reflexión interna sobre los valores y la realidad en que se vive y que se enfrentan las actuaciones cotidianas. La rebeldía de este personaje nos hace reír porque nos muestra una realidad que siempre había estado presente en nuestro entorno y no queríamos aceptar. Verdaderamente la escritora nos pone frente a un espejo para que veamos nuestra careta. Cuando el personaje se decide por llamar a la persona que le había ofrecido unas piezas robadas para su auto, lo hace con una ironía absoluta cuando le dice: *"Mira, yo no quiero el radio, para nada quiero el radio, ahora... las piezas..."* y volteando su espalda al afiche de *Hostos* colgado en la pared le da a entender que el radio no es algo tan necesario para él y aunque todo va dentro de la moral siente alivio el no aceptar el radio... hipocresía y falsedad.

Magali se convierte en voz del pueblo en sus obras porque, a pesar de pertenecer a una familia de clase media con altos valores religiosos y de unidad familiar, su entrada a la *Universidad de Puerto Rico* en Río *Piedras* en el año de 1964 le permite conocer todo un mundo ajeno a su entorno familiar. En ese nuevo mundo descubierto por la escritora había personas con unas ideas muy distintas a las discutidas en sus relaciones familiares. Señala la escritora que allí conoció personas que junto a los profesores le inculcaron nuevos valores en la responsabilidad social. Unas nuevas voces de rebeldía que denunciaban todo un conglomerado de pasiones sociales de la época vibrante de las décadas del sesenta, setenta y ochenta donde la nueva generación se rebela ante la autoridad. Voces de todo un universo de matices sociales que le ampliaron su horizonte social haciéndole vivir la otredad de sus personajes.

Estos gritos de rebeldía los va a reflejar en su primer libro de cuentos, *La familia de todos nosotros*, colección de seis cuentos donde *Magali* explora el mundo de la importancia de la familia. Ese mundo familiar la autora lo compara con la identidad del puertorriqueño donde se aporta de manera colectiva los dolores y pesares de un pueblo que se rebela ante su historia. Los patrones sociales se han visto trastocados por una influencia extranjera europea y norteamericana con sus consabidos sinsabores y desencantos que ya son tan característicos en este pueblo tan similar al *Macondo* de García Márquez. *Magali* hace esta denuncia social a través de varias voces de todos los estratos sociales, desde los marginados hasta la alta burguesía que no sale *Plaza Las Américas* o del *Mall of San Juan*.

Sus voces van a denunciar las políticas disociadoras, el consumo excesivo y además señala la falsa religiosidad y la superstición. Estos temas van a delinear la desolación de nuestros pueblos urbanos y aplica la culpa a la pérdida de los valores espirituales. Pero, ¿por qué se van relegando estos valores? —señaló la escritora en una conferencia a maestros de español en la *Universidad de Cayey*— "*que todo se relaciona con la rebeldía de no tolerar lo impuesto, además de llegar a una reflexión colectiva sobre nuestras tradiciones para hallar nuestra verdadera identidad como pueblo."*

Es en este contexto que nos presenta uno de sus más discutidos ensayos: *No queremos a la Virgen*. Aquí *Magali* critica la visión de la sumisión mariana de la mujer. Esa virgen que quedó *supuestamente embarazada* por una mágica blanca paloma y que su esposo *José* aceptó de manera heroica, igual que los hombres de estos tiempos, *sí Pepe*, lol, *el supuesto embarazo de su virgen esposa*... No es el contexto religioso el que predomina, pero sí el de la posición de la mujer en la sociedad. Es grito de rebeldía por denunciar el rol sumiso que exige la figura de la *Virgen María* quien se presenta ante todos como virgen y esposa, pero no como mujer que sufre los sacrificios de una sociedad que juzga y señala cuáles deben ser los roles de esta sin tomar en cuenta sus verdaderos sentimientos. Las cualidades de las que carece como mujer en torno a sus sentimientos sexuales, y una pena que *Kanny García* no existiera para entonces para que le cantara con su *amigo en el baño*; se nos presenta una figura ajena a las pasiones humanas, muy elevada en el entorno real de la mujer moderna que es abierta a expresar sus emociones como *Maripily* llena de aciertos y desaciertos.

Para *Magali*, la denuncia es presentar el contraste entre el rol masculino y el femenino en el contexto del desenvolvimiento cotidiano dentro de la iglesia católica. Nos dice que en otras versiones de iglesias cristianas, *María* y José tuvieron más hijos, (*Magali García Ramis, El tramo ancla*, p. 68) *"que eran una familia de verdad, de carne y hueso y sudor y noches en la cama y días de trabajo"*, pero que a los católicos se les prohíbe pensar en ellos como pareja normal. Porque los católicos deben creer por fe y no por raciocinio que *María* quedó embarazada por una blanca paloma mágica... Ante esa sublime castidad en estos seres, lanza este grito de rebeldía y reclama los sentimientos que como mujer le ha correspondido vivir en estos tiempos de tanta información inmediata.

Piensas que los textos de *Magali* van a enmarcar una visión moderna y atrevida del reclamo de los valores que van ligados a una identidad como pueblo. Pueblo que muchas veces vive atrapado a unas tradiciones sentimentales y que necesita que el escritor o escritora de estos tiempos remueva la modorra que les envuelve. Ante esta perspectiva, *Magali* se rebela ante ellos para comenzar a trazar el sendero.

El escritor, Ramón Luis Acevedo ha señalado sobre la obra de *Magali* en su libro *Del silencio al estallido*, página 29, *"García Ramis explora con sensibilidad y observación penetrante las dimensiones de lo familiar y de lo cotidiano de un mundo puertorriqueño donde predominan los estilos de vida de la clase media"* y ese mundo nos presenta *Lidia* a través de la presentación de la vida del tío *Sergio*, el tío de ideas nacionalistas que oculta su homosexualidad ante la familia y que "en el silencio todos son felices". Continúa Ramón Luis y nos dice que la óptica de Magali es crítica, irónica, pero también nostálgica, sentimental y compasiva. *"Se inserta una carta a manera de epílogo para presentar el cambio de adolescencia a la adultez; allí Lidia observa: "retábamos al mundo". Y señala las lecciones que recibió del tío Sergio: haber perdido el miedo a las cosas de afuera, a los nacionalistas, a los homosexuales, a romper las reglas. En eso consiste su libertad, descubrir los prejuicios familiares y hallarle solución a través de la reflexión individual."*

La presentación de las escenas desde un mundo de adentro, hermético —la casa— donde la figura masculina se hallaba ausente crean el estilo que distingue la obra de *Magali.* El mundo familiar, es un mundo de mujeres, un mundo ordenado hasta que llega *Sergio.* En ese mundo de adentro ocurre la transformación de la niñez a la adultez, el cambio a la puertorriqueñidad, a las ideas que trae el tío *Sergio.* Señala *Lidia* en una de sus reflexiones: *"vivimos tantos años encerrados" y cuando regresa a ver la casa destruida se percata de que todo ha cambiado.* La destrucción de los edificios llenos de recuerdos y valores es el símbolo de que se ha convertido el cambio, es la transformación a la apertura. Se abre una nueva etapa en el transitar del pueblo. Análogamente con la novela de René Marqués, *La víspera del hombre,* donde *Pirulo* también vive en una época de cambios, la década del 30, *Lidia* transita esas décadas del 50 al 60 donde el país se va transformando con el programa de *Manos a la obra* y *Fomento,* no por otra cosa como nos han hecho creer. Porque los reporteros se han encargado de encaminar las ideas de los incautos y llevarlos al redil de la ceguera patriótica. En la novela de *René Marqués*, el personaje de Pirulo encuentra en su padre el proceso de identidad, *Don Rafa* como grandeza moral que le infunde un profundo amor a la tierra; en la novela de *Magali*, *Lidia* descubre los cambios desde su interior y va desde niña a mujer para enfrentarse al vertiginoso mundo real. El tío *Sergio* despierta el sentido nacional (puertorriqueñidad) y señala: *"Habíamos aprendido ser puertorriqueños y no otra cosa."* Piensas.

Deseas elaborar un plan para ocuparte tan pronto llegues a tu destino y dijiste internamente para qué... si nadie ha podido realizar exactamente las cosas como las planifica. La sola intención de organizar el pensamiento es suficiente para elaborar las acciones y que estas tomen forma entre los contratiempos que dibuja la vida. Piensas que estás gobernado por dioses caprichosos que marcaron en las runas tu destino y no hay dios ni bueno ni malo que lo cambie. Así piensas. Controladores del sentimiento y los momentos que producen felicidad, así los defines a todos sin importar categorías sagradas en los templos de la ilusión. Ni *Buda*, ni *Jesús*, ni *Isis*, ni *Osiris*, como hermanos y esposos, ni *Quetzalcóatl*, ni *Zeus* todopoderoso, ninguno genera plenitud en las alegrías. Reconoces que la felicidad solo habita en tu interior cuando decides buscarla.

Y te olvidaste del pasajero llamado Fabián con sus sienes encanecidas y el hilo de sudor corriendo asustado entre ellas, otra víctima de *Standard and Poor's*, *Moody's* y *Fitch* que busca un nuevo horizonte. Y llegan al destino.

Afuera entre cristales manchados con huellas de manos y codos cansados por la espera ves a la gente saludando con las manos callosas y sudadas a algunos pasajeros que se mueven entre los pisos recién lustrados. Van en tropel a buscar sus equipajes en el *gate* asignado... Tumulto de gentes ansiosas en espera de que salga su equipaje; algunos extraen el primero que se les parece ya que todas las maletas son iguales y si no le pones una cinta de colores para distinguirla te la pueden llevar por equivocación... La chica con su niño llorón entre sus brazos también hace fila entre las maletas todas iguales. A lo lejos ves a Fabián. No hay despedidas como como no hubo saludo. Era un ser más entre todos los demás. Y ves que lleva misteriosamente y muy aferrada a sus manos, su funda de colores que había colocado sistemáticamente en el compartimento del trasbordador. Y cargas tus maletas llenas de libros, colocadas también en el compartimento donde estaba la funda de colores sistemáticamente colocada por Fabián y caminas a la calle amplia donde un olor comprimido a tierra húmeda y llena de esperanzas se adentra en tus pulmones y revistes tu mirada hacia un cielo lleno de estrellas frías y lejanas. Estrellas que son también planetas habitados por seres pensantes como tú aunque aún los gobiernos teman decirlo y la *NASA* envíe naves en vuelos secretos y en misiones secretas... Y llamas a un taxista con acento cubano que te lleve al destino.

—Por favor, a la calle... —ahora no es importante el mencionar la calle.

Ya llegará el momento en que las exigencias te obliguen a decirlo. Ahora no. Ahora es llegar y poner en orden varios asuntos que van bailando al compás de los pensamientos en tu cabeza. Pensamientos que quedaron desnudos en el espacio de las planificaciones.

Bordean en el taxi un lago iluminado con el brillo de las estrellas habitadas y los faroles de la acera. Te sorprendes de esta noche sin luna. Tu luna confidente, la que esperas mes tras mes. La que hace que ella también llegue y la extrañas, ya le extrañas. Pero esta noche rara y sin luna no es la ideal para su llegada. Y piensas que mañana la verás para sentirte seguro como un servicio suplementario que te brinda la luz. No desesperas porque sabes que siempre ha sido así. Cuando menos lo esperas ella llega y se alarga o contrae pero la sientes. Ya será otro el momento.

Pagas al taxista con acento cubano que te llevó hasta donde comienzas un nuevo respiro. Él te entrega las maletas llenas de libros y sonríe y te pregunta que si cargas piedras en ellas. Le respondes con una sonrisa. Y caminas por el pasillo del recinto. Colocas en la cerradura la llave con los dientes hacia arriba y giras lentamente hacia la derecha y abres la puerta sin encender la luz. Un olor a encierro te atrapa los sentidos y tratas de caminar a oscuras porque aún recuerdas el diseño de la habitación que te envío la *realtor-via email* en el moderno complejo de apartamentos de una comunidad recién construida. Un nuevo respiro. *Veremos*. Pensaste.

Y enciendes la luz blanca y fría y la ves como siempre a tu lado. Le sonríes y te sigue los pasos por todo el apartamento. Revisas que todo esté cual lo indicó la *realtor-via email*, y dices que sí, tal vez para que ella te escuche. Vas hasta el baño de blancas paredes y cuentas cada paso que das; todo en orden. Muy diligente y exacto cada detalle reseñado por la *realtor*, piensas.

Vas a la habitación, enciendes la luz, y mides con la mirada cada pulgada en ella. Ella te sigue, la sientes detrás de ti de nuevo, esta vez fría y lejana. Ya no estás solo. Un cuadro aquí, tal vez uno que pintes tú, sobre la figura del *Quijote* o de *El Principito*, pero ese no, parecería infantil aunque su filosofía sea para sabios... una lámpara acá, ¿qué más te falta? Tal vez nada, porque siempre has sentido que la urgencia de cosas materiales como cuadros y adornos en las habitaciones te roba el tiempo en la limpieza y el tratar de que todo esté inmaculado te molesta. *"A veces es necesario el desorden de las cosas para extrañar el orden". Y piensas que quien tiene afán de limpiar constantemente es porque sicológicamente tiene problemas con su conciencia... el afán de sentirse anhelante de limpieza es porque carga suciedad dentro de sí...*

Las maletas dejadas en la entrada te dice que sí, algo necesitas: un tablillero para colocar tus libros, que el taxista de acento cubano pensó que eran piedras, y que solo tú conoces el valor de cada uno de ellos. Allí llevas la colección de novelas de *Jaime Bayly*: *No se lo digas a nadie, El canalla sentimental, Y de repente, un ángel, Los amigos que perdí, Morirás mañana, El misterio de Alma Rossi, Escupirán sobre mi tumba, El cojo y el loco,* (una de las que más te gustó), *La mujer de mi hermano...* y la más reciente y una de las mejores: *La lluvia del tiempo.* Te fascina como interactúa el personaje con la vida del autor. ¡Qué estilo!

Las tres novelas que tienes de su esposa *Silvia Núñez del Arco: Hay una chica en mi sopa, Lo que otros no ven* y *El hombre que tardó en amar.* Ambos escritores te atrapan con las palabras como becerro en rodeo de vaqueros. *Jaime* tiene un don hipnótico con los personajes autobiográficos y a veces no sabes distinguir si lo que escribe es lo que vive o lo que vive es lo escribe. Te fascina la trilogía hábilmente escrita por *Jaime: Morirás mañana:* 1. *El escritor sale a matar,* 2. *El misterio de Alma Rossi* y 3. *Escupirán sobre mi tumba.* Donde hábilmente usa estos pensamientos en la mente torcida de su personaje: *"Haré lo que siempre hice con los escritores fracasados: le daré un buen masaje a su ego, es una técnica que no suele fallar... Mentir es mi oficio, mentir me ha hecho rico y famoso, tendría que ser capaz de inventar una mentira lo bastante persuasiva como para que el viejo de mierda pida permiso para salir del asilo o se escape o salga raptando como el lagarto decrépito que es."* Genial. Piensas. ¿Escupirán sobre tu tumba? Tal vez se orinarán y hasta quién sabe... Piensas. Mejor que se fumen un moto sobre tu tumba a ver si te llega su humo... Sonríes.

Igual *Sylvia,* escritora sencilla sin ínfulas de grandeza pero igual de hipnótica con sus personajes. Con una expresión tan sincera y envolvente como dice uno de sus personajes: *"Aquella lágrima secándose en la comisura de mis ojos me recordaría siempre que Alicia me había hecho un hueco en el alma y Sebastián otro entre las piernas, que mi primera vez había sido un desastre y mi virginidad la había perdido con la misma facilidad con la que un fumador esporádico pierde su encendedor en una noche de borrachera."* Ríes. Piensas. Ríes.

Llevas también tu colección del excelente escritor cubano *Reinaldo Arenas* quien nació en Holguin en el año 1943. Coetáneo y seguidor de los grandes y geniales escritores cubanos: *Lezama Lima* y *Virgilio Piñera*, y como se dice en su biografía: *"fue encarcelado y torturado llegando a confesar lo inconfesable y a renegar de sí mismo."* Arenas escapó de la opresión castrista en 1980 en los famosos viajes del puerto de *Mariel* y desplegó desde ese momento, y en el exilio nunca aceptado de *Nueva York*, toda una visión intelectual de la existencia enmarcada entre la poesía más hermosa y la más amarga derrota del desencanto vivida en Cuba. *Reinaldo* muere, víctima del *síndrome de inmuno deficiencia adquirida (HIV)* en la ciudad de *Nueva York... Reinaldo Arenas* te hace cargar en la maleta: *Celestino antes del Alba* (excelente novela donde Reinaldo Arenas, nos dice que Celestino, el niño de esta historia, no es otro que su alma gemela. Nos dice Reinaldo que la casa de Celestino también es un endiablado enjambre; tampoco su madre y sus abuelos entienden por qué no cesa de escribir por todas partes, hasta en las hojas de los árboles; a él también le gritan y amenazan mientras se hostigan entre sí. No en vano, cuando el narrador se asoma al pozo de la casa, ve reflejado a Celestino; tampoco es de extrañar que éste, como el narrador, pueble su mundo de fantasmagóricos espíritus, seres y hechos extraordinarios, que habitan también sus escritos, refugio de su insufrible pobre realidad...), *El mundo Alucinante, Otra vez el mar, El portero, Viaje a la Habana, Antes de que anochezca* (en español e inglés)... entre otros textos suyos que atesoras. Y *Reinaldo* hace que reflexiones en el tema de *El hombre nuevo y el bosque* que hicieron en guión de cine con el nombre de *Fresa y chocolate*. Gran escritor. Piensas.

También cargas con *Bajtin, Todorov, Lezama Lima, Luis Rafael Sánchez*, el mejor novelista de los años setenta y ochenta en Puerto Rico, como siempre dices... y los libros de poemas de un escritor que se abre paso en la historia de tu país con dos obras poéticas de excelente calidad: *Parábolas cromáticas del silencio* y *Metáforas de color en un cuerpo silente*, del *amateur Orlando Rodríguez Figueroa*... Dicen que *Orlando* es buen escritor, tal vez nunca reciba el reconocimiento, pero ahí les deja sus obras; para que las devoren como fieras sin sentido por algunos que no entienden de letras y solo se encargan de alimentar egos... El que lee los libros de *Orlando* y los interpreta con sentido descubrirá mil mensajes dictados por los dioses... piensas... *"porque en mar calmado cualquiera es buen capitán"*... todos en tus maletas y reconoces ahora la razón por la cual el taxista con acento cubano te dijo que si cargabas piedras en ellas. Sonríes.

De *Bajtin* atesoras sus críticas directas a la sociedad carnavalesca, de dónde vienes y a dónde vas. *Bajtin*, que luchó contra dos momentos históricos de la historia: la revolución y la contrarrevolución en la Unión Soviética, y salió adelante a pesar de la represión de Stalin, temeroso de las palabras de *Bajtin*, por su método político-social que este se derrumbara, lo silenció... y a pesar de esto, *Bajtin* siguió adelante y *Stalin* y su proyecto fracasaron... *entiendan esto Maduro y Agaputo para que Venezuela y Puerto Rico no se hundan, y si se tiene que hundir alguien sean ustedes...* Así mismo piensas que les ocurrirá a los llamados reporteros amarillistas de tu pueblo... cuando les llegue la censura no serán recordados como *Bajtin*, al contrario estarán solos, se quedarán solos, solos como los muertos en las tumbas, solo porque por sus obras los conoceréis... Porque a pesar de que *Bajtin* reclama una individualidad del acto del habla también señala que ese acto debe responder de manera sistemática a los valores colectivos sin arrojos a la complacencia de un poder... y lamentablemente así actúan los reporteros de hoy día. Se sienten obligados a reírle las gracias al poder del estado y esto es lo que lleva a la enajenación de ese pueblo... porque ahora la consigna barata es que todos han hecho lo mismo y todos son iguales. Y no se dan cuenta que están calentando una olla de vapor en la cocina y cuando esta explote caerán muchos incautos...

De *Todorov*, la seriedad del pensamiento del hombre. *Tzvetan Todorov* era un hombre que se define a sí mismo como un hombre desplazado; ha partido de su país de origen y enmarca su mirada nueva y de sorpresa con relación al país de su llegada. Y así te enfrentas al nuevo espacio... retomando el control de tus pasos. Actuando como *Todorov* vas en busca de esos retos pasando de una nación a otra, atravesando fronteras, saltando barreras y contrastando lenguas o culturas que parecen disímiles a la tuya, pero que muy adentro reconoces que te encantan los retos. Por las posturas cotidianas de tu pueblo te das cuenta que voces como *Todorov* deben estar aplicadas a las experiencias. Dándose cuenta que esas voces totalitarias caerán en las desagracias absolutas de los pueblos sometidos. Y como *Todorov* criticas con dureza el pensamiento neoconservador y ultra liberal de tu pueblo incauto, y por eso te critican... Y aplicas ese afán tuyo del existencialismo que siempre rige tus pensamientos. ¿Cómo vivir? ¿Para qué vivir? ¿Es importante vivir? Y mucho más atrayente: ¿Qué es vivir? Y más apabullante: "¿Vale la pena vivir?

De *Lezama*, la palabra precisa con las luces de nuestro Caribe en el describir el ambiente. Ese encuentro con la estructura artística del barroco en la descripción de nuestro paisaje lleno de colores, olores y sonidos. *Lezama* sienta las bases de lo que muchos llaman el barroco americano porque su contraste con el barroco español, en *Lezama* es el cruce con lo local, con lo propio, o como le llamó él: "*el arte de la contraconquista como signo de identidad diferenciada y de personalidad propia.*" Y así te mueves en tu tiempo y agradeces a *Lezama* ese encuentro. Esa búsqueda de la estética, *aunque muchos no te entiendan*. Porque muchos en tu pueblo se aferraron al canon y este les impide ir más allá de esas ideas. Aferrados al llamado canon del momento impuesto como gríngolas que les impiden cambiar la mirada. Para muchos hoy día el canon es la equidad de géneros y los derechos de los homosexuales porque poco a poco van descubriendo su trasero en librerías de ideas izquierdistas que les siguen el juego. Y mientras más procaz es el lenguaje y más abierta y soez la palabra más se identifican con el canon. Tú vas poco a poco. Con tu estilo... de la mano de *Lezama* a quien tanto admiras, y de *Bayly* y de *Luis Rafael*, y la de tantos que también han sido transgresores de canon... y te das cuenta que todos los que te critican leen lo mismo y así... se quedan en lo mismo. Ese apego les impide el descubrir nuevas voces. No se aventuran al *leitmotiv* de diversos trazos literarios que les ayuden, tal vez, a desenmascarar sus ambiciones de pueblo. *Tú, sigue adelante, quizás nunca te den la gloria que siguen tus pasos. ¡Total, Cervantes nunca supo de su gran aportación a las letras porque siempre recibía críticas de sus coetáneos y hasta murió en la miseria! Triste. Pero: ¡Coñazo no mueras en la miseria e ignorado como Cervantes, tú no!*

Y de *Luis Rafael Sánchez* el lenguaje descriptivo de las emociones de un pueblo barajeado en el festín de la hipocresía política que se cierne como sombra desde los años cincuenta gracias al *ELA*. Sombra que se alimenta de miedos por legisladores obesos que cabildean con mentiras al congreso de la nación y que viven del cuento y de nuestras contribuciones. Así cualquier *Tigre* cabildero de mentiras echa panza convirtiéndose en obeso mercader de engaños al pueblo fiel a las tonterías. Ese mismo *Tigre* que ahora acaba de descubrir que el idioma inglés es muy importante para el progreso de tu pueblo pero que su padre y hermano tanto critican en los medios comprados de la prensa para dormir al pueblo. Y te hacen recordar las palabras de *James Petras* cuando señala que *las dictaduras de las décadas de los años setenta jugaron un cambio en el mundo intelectual latinoamericano.* Con su proceder en el impuesto destierro de muchos escritores, su encarcelamiento o expulsión de sus ámbitos lograron cerrar puertas a la amplitud del pensamiento crítico de los pueblos. Algunos cedieron a las migajas del gobierno para lograr la supervivencia en los medios. Y por ende, el pueblo lee lo que les inducen y no necesariamente lo que desean. Así te sientes. Y te das cuenta que estás abriendo puertas que se han mantenido cerradas por el miedo. Miedo a una prensa que criticará tus ideas y hasta colegas que derramarán su tinta en los medios para atacarte porque les agredes con la verdad en tus palabras...

Y así como *Caperucita*, y para caerles bien a muchos reporteros de farándulas llenas de desencantos, callas verdades para no herir a los leñadores que habitan en los bosques porque son capaces de deforestarlo todo y que muera el país de sed y hambruna. Y al son de una bachata bien armoniosa te deslizas por la habitación recién descubierta junto a *Caperucita* en complicidad del silencio. Miras por la ventana y ves las luces de los faroles sobre la acera gris que ocupa el espacio. Y sonríes ye te imaginas en el marco de una nueva historia. Y te vas junto a *Caperucita* a bailar desenfrenadamente en las habitaciones vacías del apartamento para diseñar en tu cabeza dónde acomodarás cada cosa para que tenga sentido de humanidad ya establecida. Piensas. Ríes.

Evocas pensamientos críticos de cada acción realizada hasta el momento y te dejas llevar por la cintura virginal de *Caperucita* y te conviertes en lobo para danzar acopladamente como rictus sexual junto a ella. Ríes y recuerdas las frases de la novela de *Cabrera Infante* en *Tres tristes tigres*: *"la rumbera se quedaba en el aire y daba unos pasillos raros, largos, con su cuerpo tremendo y alargaba una pierna sepia, tierra ahora, chocolate ahora, canela ahora, café ahora, café con leche ahora, miel ahora, brillante por el sudor, tersa por el baile..."* Ríes reviviendo sensaciones eróticas por el roce de piel ardiente contra piel ardiente en la danza de la bachata sensual de *Caperucita* con el morenazo tropical de lobo oloroso a sudor... Nuestras vidas van marcadas por ritmos; todo lo hacemos a base de ritmos... Piensas que *"el lobo será siempre malo si solo escuchamos a Caperucita."*

5
FESTEJO EN LA AZOTEA

"Por veredas de sueño y habitaciones sordas
tus rendidos veranos me aceleran con sus cantos
Una cifra vigilante y sigilosa
va por los arrabales llamándome y llamándome
pero qué falta, dime, en la tarjeta diminuta
donde están tu nombre, tu calle y tu desvelo
si la cifra se mezcla con las letras del sueño,
si solamente estás donde ya no te busco."

Poema: "Objetos perdidos"
JULIO CORTÁZAR

A *JOSÉ LUIS GONZÁLEZ*, escritor puertorriqueño nacido en la República Dominicana, le tomó un cuento describir lo que vivía la diáspora puertorriqueña en *New York* para los años sesenta y setenta, luego de varias generaciones establecidas en la ciudad de los rascacielos. Aún viven con las mismas mañas y manías, usando sus camisas a cuadros y pantalones de poliéster con líneas y haciéndose *teasing* en el pelo para dar volumen y usando rolos de plástico en sus cabezas para alizar el grifo. Nada parece que en ellos ha cambiado. Quedaron petrificados en el tiempo. Todavía para algunos es *doña Fela* quien gobierna en San Juan y no se imaginan la construcción de autopistas acercando a los pueblos, quedaron paralizados en el tiempo o el tiempo se detuvo en ellos. Y escuchan a *Ramito*, a *Chuito el de Bayamón*, *La calandria*, *Odilio González* o el *Gallito de Manatí* como si estos fueran los *Ricky Martin* de sus tiempos o *Miley Cyrus* de nuestros días. Gracias al *ELA* de *Muñoz*, eso viven en perpetuidad mental. Sí, todavía hay muchos que creen así de un pueblo que poco a poco y a pulmón de los obreros ha ido creciendo.

Y ese mismo pueblo hoy se desinfla en los cincuenta estados de la nación. Ridículamente huyendo a la estadidad, se van a vivir en un estado y son felices y prosperan y se olvidan que viven en la estadidad y les gusta y no lo cambian por nada. Se desparraman como tsunami de gentes buscando una vida distinta, porque la patria no les garantiza la prosperidad. No hay seguridad en sus calles. En el "*Caldero politiquero*" van remendando historias y no presentan el plan anticrimen que tanto solicitaban al gobierno anterior. Todo crimen es burla en los medios y *Dando candela* y *Lo sé todo* se pelean los rating donde a cuál criminal entrevistan hoy o a qué artista o político van a humillar con sus comentarios mordaces. Y se burlan y se ríen de los demás pero cuando les toca a ellos se molestan porque se creen dioses del Olimpo. ¡Mezquinos! Piensas y sabes que serás atacado y censurado por los reporteros burlones de tu patria. Y recuerdas a *Alejandro* y su: ¡Me *vale!* Razón para que *Standard and Poor's , Moody's* y *Fitch* declararan el crédito de la isla a nivel de chatarra y ahora él dice que no es su culpa y *Silita la breve, la que defalcó al Banco de Fomento cuando retiró mil millones, sí, mil millones para las comunidades especiales y se los entregó a su entonces marido Canterito Frau (¿Frau o Fraude? Bueno, casi es los mismo),* y dice *Silita la breve* que no fue su culpa y *Aníbal, el caníbal (el que fue acusado por los federales por fraude,* y dice el *caníbal* que no fue su culpa, y *Rosselló, el mesías que sí hizo muchas obras,* dice que no fue su culpa, *y Romero, el caballo,* dice que no fue su culpa y *Rafael, el gallito de Ponce, ya momificado,* dice que no fue su culpa... y si seguimos así llegamos a *Muñoz, el bate,* y dice *Muñoz desde el más allá* que no fue su culpa de crear al *ELA* como bonsái y hoy convertido en chatarra, y *Juan Ponce de León, el primer gobernador señalado por España y quien murió buscando la Fuente de la Juventud se fue la Florida dejando abandonadas las tierras que correspondía gobernar por orden de España, la Madre patria colonizadora y destructora de culturas,* y dice *Juan Ponce desde el más allá* que no fue su culpa, y *Agüeybaná, el cacique taíno, manso como los mismos tonyos mansos populetes de tus tiempos,* dice también *desde el más allá en su lengua indígena* que no fue su culpa... *porque la culpa es huérfana y pesa a todos...*

Habitas en ese mundo de idólatras del poder desde hace tiempo, pero te mantuviste oculto entre las cortinas mustias del miedo. Ya no. *Te han quitado todo menos el miedo.* Ya habrá el momento de decir por qué lo haces.

No entres al caso ahora; no hay jurisdicción instrumental en el tema.

La crítica viene de las personas a las que les das el espacio a que lo hagan. Cargadas de sus versiones comparativas con los demás. Y en esa otredad misteriosa es que hallas las contradicciones de sus vidas. Siempre has sido consistente en tus ideas... construyendo escenarios para vivir cerciorado de tus verdades convertidas en las metas que trazaste desde niño. Sí, has tenido que romper con fijaciones de la sociedad por ellas; tus verdades siempre han sido analizadas con premura por los otros y luego, tras tu paso siempre firme, se dan cuenta de lo valiosas que han sido tus acciones. Cuando das un paso ya sabes de la superficie que lo aguanta. Nunca en vano; nunca sin pensarlo. Impugnaste aquellas creencias impuestas por la fe cuando descubriste en *Nietzsche* tantas verdades razonadas o como otro grande: *José Saramago*, el gran maestro de inigualables letras, y recuerdas su *Ensayo de la ceguera* y tantas otras que guiaron tu rumbo. Aquí el maestro *Saramago* utiliza la ceguera física de sus personajes ficticios para hablar de la invidencia mental de las personas reales de nuestro entorno. El individualismo rampante en nuestras sociedades, la falta de solidaridad y la corrupción moral en el que se ven sumidos los ciegos en su destierro forzoso es, en verdad, el diagnóstico punzante y certero que hace *Saramago* de nuestros pueblos. Las miserias presentadas en la obra son las nuestras, porque nosotros, teniendo la facultad de ver, nos hemos ido quedando ciegos y nos hacemos también sordos del caos que hay en nuestras calles. Y envidiaste su arrojo en decir lo que pensaba; ya tú compartías esas mismas visiones. Sin miedo, como decía *doña Inés*… aunque con eso perdiste *"amigas"* y *"amigos"* porque si llevan ese sustantivo es para representarlo con sinceridad y no por conveniencia. Esa palabra es grande porque han sido los seres que tú escogiste y nunca fueron impuestos. La familia es parte tuya, pero a los *"amigos"* los haces parte tuya y a veces lamentas de las acciones fatulas de ellos al juzgarte sin sentido y no entiendes, porque sí decir tu verdad les molesta, demuestra que nunca fueron sinceros contigo. Se mantienen bajo el manto de las costumbres, transmitiendo de generación en generación lo que otros les dijeron sin detenerse al raciocinio de verdades obvias. Y se molestan si les dices que *Adán* y *Eva* son metáforas… aunque ya el *papa Francisco, el argentino*, se atrevió a decirlo, pero si lo dices tú ya eres un ateo y todo hay que aceptarlo por fe. ¿Y qué es la fe? ¡No preguntes eso blasfemo! Así es su respuesta y abandonan el tema para no querer pensar porque les duele enfrentar la realidad. ¿Verdad diosa madre de la creación? Si les dice que su dios es una figura femenina te llevan a la hoguera al igual que las brujas de *Salem* por impropio, por impío, por blasfemar contra su fe. Pero lo dice *Coelho* y no les molesta, lo aceptan con propiedad porque *Coelho* es *Coelho*. Y tú no eres *Coelho* y no quieres ser *Coelho*. Piensas que no tienes nada en contra de Coelho, solo el hecho de es uno de los *"escritores"* más leído por tus estudiantes y eso no te agrada.

Tú asumes tus posturas como niño autista, callado y reflexivo, pero lleno de ideas creativas inimaginables. Como siempre. En tu callado mundo vas diseñando las rutas de la insufribilidad sin bordes para no caer en el peligro de los demás. Una roca en el camino debe convertirse en una herramienta para nuevo impulso y no en obstáculo en la marcha, siempre has dicho. Herramientas para un mundo que comienzas a construir con tu silencio. Piensas.

En esta noche sin luna y en el nuevo suelo recuerdas la estupidez de tantos tontos que censuraron a *Lucero* por fotografiarse junto a su pretendiente y la presa cazada. Es como una metáfora más de este mundo lleno de prejuicios. En los tiempos de antes la cacería era parte de la cotidianidad para vivir y comer. Luego más tarde como diversión entre las clases sociales más altas, y hasta el *rey de España* fue criticado cuando cazó un elefante junto a una *amiga*. ¿Fue criticado por cazar al elefante o por descubrir que estaba con una *amiga*? No sabes. Tú que eres admirador de los elefantes y no te alarmaste; más te llamó la atención que quien le acompañaba no era *Sofía* y sí una *amiga* muy especial suya... *Lucero* es plebeya, canta bien y actúa mejor, pero es plebeya exitosa y hay que criticarla; la prensa llena de reporteros envidiosos acuden a criticarla... *Lucero* no puede cazar... *Lucero* se puede casar, pero no cazar... y a veces me pregunto si los mismos reporteros que critican usan atomizadores para eliminar los insectos en sus casas o detergentes para lavar sus ropas y eliminar bacterias o acaso eliminan las ratas que hay en sus patios. O si usan enjuagadores bucales para matar las bacterias que también son animales... ¿O el tamaño del animal muerto es lo que importa? *Lucero*, mata lo que quieras y sigue cantando y actúa como te dé la gana; total: ¡nadie te compra las balas, (ni las pantaletas que usas) ni tiene derecho a censurarte!

De la misma manera piensas en *Sterling* y el lío por su comentario a su amante negra. Amante negra pensaste. Negra como el razonamiento de los reporteros puristas que salieron a censurar a *Sterling*; quien lo que tenía era un ataque de cuernos y no actuó por racismo. Y todos hicieron boicot y pancartas pero en sus pieles llevaban los mismos pensamientos de *Sterling* quien valientemente y celosamente encuernado le dijo a su amante, que es negra, que no llevara negros a sus juegos... ¿cuáles juegos?, ¿jum?... ja, ja, ja, ríes. *Sterling* no fue específico a cuáles juegos no debía llevar su amante negra, negra dijiste, a los negros... ¿Juegos sexuales? ¿Juegos amorosos? ¿Juegos de basketbal? ¿A cuáles juegos? Asunto de semántica... *Sterling* no especificó. Sonaba encuernado. Su voz olía a macho cabrío. *Sterling* molesto... Y salieron los reporteros puristas... porque hay muchos tan falsos que en su intimidad tampoco permitirían que su amante negra, dijiste negra, lleve negros a los juegos. Ni blancos tampoco lol. El asunto es protestar; viven en una falsa sociedad de apariencias que actúa sin reflexionar. Tontos seguidores de prensas amarillistas que les lavan los cerebros. Tan falsos como ellos. Forjadores de mentes inútiles de la inmediatez sin reflexionar en las experiencias vividas. Parecen empeñados en tropezar con la misma piedra. Allá ellos... piensas.

A nadie le extraña que hagas estas observaciones; tal vez ni las lean, porque dicen que a las personas no les gusta leer; pero en tu interior sabes que las palabras son como narcóticos para calmar tus pensamientos. Con sus efectos alucinógenos te desplazas por lugares y espacios de muchas dimensiones. Y muchos se distraen con las ilusiones provocadas sin profundizar en las raíces que las alimentan. Todos tus sentidos convertidos en palabras. Donde juegas con pasiones y acciones de tu condición humana. Palabras que sanan o palabras que comprometen las tensiones hasta enfermarte, pero palabras. Las mismas que te convierten en inmortal moldeando con el cincel las verdades calladas. Son irracionalmente estimulantes en una sociedad disparada en creencias de libros de fe. Ríes.

Y el festejo en la azotea será tuyo porque sabes que tienes razón. Muy en tu interior lubricas emociones de pensadores clásicos como *Aristóteles* y su analogía de la imitación. Todo esto ya se vivió; solo resta hallar la ruta para salir adelante para definir el sendero que nos lleve a la paz. Solo eso buscamos, nada más. Piensas. Y en el silencio de la noche oscura te dejas abordar en los brazos helados del inmortal *Morfeo* para que descanse tu cuerpo gastado hasta un nuevo amanecer, pero no como el amanecer de *Alejandro*, eso no es un amanecer es una pesadilla de cuatro años. Piensas. Ríes. Depositas tu cuerpo en la cama fiel como en ritual aprendido.

Y caes en la cama fiel como bulto olvidado en un andén lejano. Como misteriosa necesidad de los sentidos te dejas atrapar de *Morfeo* en esta noche sin luna en nuevo espacio. Ni sueñas porque hasta el sueño está cansado, agotado por mil imágenes del nuevo espacio. Duermes. Profundo.

Afuera el bullicio normal del vecindario ruge como león selvático, libre y reinando en sus confines. Jóvenes vociferando sus pasiones con el toqueteo entre sus partes cortejando doncellas del reggaetón con sus enormes uñas sintéticas parecidas a garfios de bucaneros en las aceras. Autos deportivos de colores impensables van y vienen por la avenida. Luces de neón de mil colores enmarcan con el neón del *art noveau* las pantallas de los edificios. Un policía maduro transita a pies sin distraerse de sus labores. Sigiloso en la espera de su compañero que se detuvo en el parque para hacer una llamada. Sigiloso y atento a todo el bullicio de los jóvenes que vociferan sus pasiones toqueteando sus partes para cortejar a las doncellas del reggaetón maquilladas con disimulo con sus enormes uñas sintéticas parecidas a garfios de bucaneros y que muchas veces usan como cucharas para el polvo blanco que les empolva las fosas de sus narices produciendo éxtasis en los senos plásticos y redondeados encargados al cirujano colombiano o dominicano. Generación de pasiones sin control le llaman sin pensar que así también les llamaron a otros cuando antes de los ochenta *John Travolta* activó la industria de las discotecas y su *"hustle"* era imitado por niños, jóvenes y ancianos en las fiestas de marquesinas. Mucho antes, en *Woodstock* una revoltosa inundación humana bailaba y se drogaba con opio y químicos bajo el sonido del rock en aquella inmensidad del verde campo. ¡Ahí nació el *Free Love*! *Drugs, Sex and Rock and Roll*... Y mucho antes el *"twist"* descontrolaba a quienes hoy son los abuelos y bisabuelos de esta generación. ¿Y antes no era malo? ¿Por qué hoy sí? Y recuerdas a *Peñaranda* y sus letras de doble sentido... Eso hay afuera; bullicio de jóvenes con música en sus venas y hambre en sus cerebros vacíos de verdades. El policía ya madura les observa sin interés de llamar la atención, una vez él también fue joven y tal vez también se drogó o se dio su buena fumada de la rica yerba alucinógena... ¡aunque fuera solo con marihuana como *Clinton* u *Obama*!; y la historia se olvida también contarte que el primer presidente de la nación cultivaba un huerto de marihuana y pagaba impuestos por ello; el mismo que *nunca dijo una mentira pero sí se fumaba su porrito de yerba* je, je, je, je... y el policía ya madura sonríe y envidia a los jóvenes que introducen sus dedos entre las piernas de sus "guerlas o las yales." Lo que admiras de estas yales es que ninguna lleva el *asqueante dubi dubi* que les da apariencia de falta de aseo... dejándose llevar por la insípida mental de *Rihanna* quien al usarlo le dio publicidad y moda y paso expreso para las siempre envidiosas usarlo sin discreción... Y a lo lejos se escuchaba la voz afinada y olorosa a marihuana de *Bob Marley*... y muchos ni sabían que *Bob Marley* había muerto... y le adoraban, y cantaban sus coros, y se arrebataban con sus melodías con olor a marihuana, rica... y se elevaban, y se balanceaban al compás de la música olorosa a marihuana, rica... y gozaban, elevados, en su mundo... Jóvenes con sus pantalones más debajo de la cintura dejando ver la marca de sus calzoncillos, unos de marca como *Papi, Tommy Hilfiger, Calvin Klein, Unico, 2(x)st, Diesel* y otros solo *Fuit of the Loom, Adidas, Jockey* o *Hanes*. Pero siempre dejando ver sus nalgas duras y musculosas, algunas lampiñas y otras peludas... cubiertas solo con los calzoncillos. Una regla de los presos indica que en su lenguaje de reo eso significa que tienen el ano disponible... y a ellos poco les importa o tal vez usan el lenguaje para bregar *kllaos* entre ellos, porque no les importa ni los *threesome* ni las orgías entre ellos pero siempre *kllaos* aunque entre ellos es normal ser *bisexuales*... porque cuando van al baño se miran entre ellos y se miden minuciosamente en sus mentes sus miembros... y se envidian o sienten codicia por el tamaño del miembro venoso y carnoso... porque eso es de hombre... porque eso es de macho... porque es normal mirarse y compararse.

Y antes de entregarte a los sueños platicaste mentalmente con la señora de ojos tristes que te habías encontrado el mes pasado en aquel homenaje que te hicieron en el centro cultural de tu pueblo. Alicia, ese era su nombre, Alicia Morán del Valle. Ella te contó que había nacido en Virginia pero que había llegado a la isla a la edad de tres años. Su padre era el ministro de la *Iglesia de los Santos de los Últimos Días* que se construyó hacía años atrás en la entrada de tu pueblo. Su madre era maestra de inglés en la escuelita rural y era muy apreciada por la comunidad. Alicia no había tenido pretendientes a pesar de su hermoso físico y sus ojos tristes. Era rubia, cabello largo hasta sus nalgas, alta, dientes perfectos tan blancos como cascarón de huevo de gallina americana, simpática y buen bagaje cultural. Ningún chico se atrevía a acercarse tal vez por estas cualidades porque temían ser rechazados tal vez. Y Alicia se sentía triste, te contó, porque nadie se acercaba a ella y ella quería hacer amistades pero su belleza la alejaba de todos. Alicia se entregó a los estudios de leyes en aquella universidad metropolitana lejos de su casa. Allá conoció a Sebastián, un joven vendedor de periódicos en el semáforo de la luz cercano a la universidad y entabló amistad con Sebastián, joven de cuerpo atlético, manos cubiertas de venas casi a explotar, cabello negro, fuerte y rizado, ojos tan brillantes como el sol y dientes perfectos en boca perfectamente masculina y con palabras ardientes y aduladoras que le hicieron olvidar las teorías legales de *Platón*, *Aristóteles*, *Sócrates* y *Séneca* aprendidas en los cursos... y esas palabras preñaron el vientre suave e inocente de Alicia... Sebastián vivía en el residencial cercano a la universidad, era un año mayor que ella y no había estudiado, pero manejaba magistralmente y astutamente con mucha labia las palabras y cada mañana le lanzaba un ramo de elocuencias a la hermosa joven virgen que se sonrojaba y le miraba con curiosidad casta día tras día. Una flor en *San Valentine* colmó la curiosidad casta y virginal de la hermosa joven estudiante de leyes quien nunca había sentido una mano ardiente, callosa y llena de venas casi a explotar entre sus piernas albas y suaves... Al día siguiente muy temprano en la mañana visitó la *carretera número uno* donde conoció por vez primera el pelo rizo, negro, fuerte y oloroso a miel de la flor de macho que casi cubría todo el instrumento del sexo carnoso y venoso de Sebastián... Y abrió complaciente sus blancas y suaves extremidades poco a poco, primero con miedo, pero luego con ansias y casi adormecida por el olor al sexo de su amante se entregó al mago de las palabras... tres meses después desapareció Sebastián el vendedor de periódicos y mago de las palabras. Hoy Alicia es madre soltera, no dio la oportunidad a otro hombre acercarse a su lado. Crió sola a su hijo Andrés, quien ahora también es un excelente abogado quien nunca conoció a su padre vendedor de periódicos en los semáforos... Alicia parece feliz a pesar de sus ojos tristes... piensas. ¿Cuántas Alicia habrá en cada pueblo? ¿Cuántos Sebastián se encuentran en cada semáforo de nuestros pueblos?

Y recuerdas aquellas palabras dichas en tus discursos para que sonaran bonitos en las actividades: *"Los seres hu-*

manos vivimos en un mundo de constantes cambios, cambios que a diario le dan una nueva forma y un nuevo giro al rumbo de la humanidad. Si nos remontamos a épocas anteriores y observamos detenidamente el desarrollo de la raza humana nos daremos cuenta que hoy día somos lo que somos gracias a todos aquellos líderes que de una forma u otra utilizaron sus capacidades, sus talentos, en fin, su intelecto para mejorar nuestra calidad de vida. Esas aportaciones que tal vez muchos pensaron que eran solo "ideas descabelladas" hoy ejercen una labor esencial en nuestro diario vivir favoreciendo tanto a las generaciones presentes como a futuras. No obstante, sigue en pie la lucha por encontrarle soluciones a los problemas que a diario nos afectan. Ansiamos cada día escuchar palabras de aliento positivas para emprender los retos que nos impone el destino; a veces se nos hace tan difícil escucharlas porque nos estamos fijando más en los problemas que en las soluciones. Hoy, hacemos un alto y concienciamos en cómo podremos superar esta problemática. Resolverla no es tarea fácil. Se requiere de esfuerzo y dedicación, se necesita que seamos ejemplares, que seamos personas de estímulo. También se requiere que tengamos seriedad en nuestros estudios, teniendo en mente que sin esfuerzo y dedicación no vamos a lograr ningún éxito. El humanista Carlos Alberto Velasco Suárez *señala:* "La vida humana se desarrolla en estadios sucesivos separados por crisis. En este desarrollo es posible detectar un ritmo: cada etapa con sus tareas correspondientes, debe vivirse en su momento oportuno y propio; los avances precoces, las detenciones, los retrocesos, son perturbaciones comunes del desarrollo humano". *Nosotros debemos seguir estos modelos que han triunfado para emprender nuestros destinos. Hemos caminado por el sendero del éxito; hoy no podemos dejar que este cambio a nuestra vida nos desvíe hacia el fracaso. Para poder seguir por el sendero del éxito tenemos que tener más hábitos de estudio, tener más seriedad, más madurez, estar más conscientes de nuestras decisiones ya que la vida depende de ellas porque cada una tiene consecuencias buenas o malas. No nos podemos olvidar que necesitamos valentía, esfuerzo y dedicación. No debemos dejar para mañana lo que podamos hacer hoy... recordando que solo se vive una vez y las huellas que dejemos con nuestros pasos son los caminos de esperanza y sabiduría que dejamos a los otros". Hagamos un compromiso personal, un compromiso con nuestra patria para defender los valores que nos distinguen como entes sociales y que ante el nuevo destino que se nos presenta, podamos sentirnos capaces de elegir entre aquellas cosas que nos lleven al éxito. Como nos muestra* Miguel de Cervantes Saavedra *con su personaje del* Quijote: "que ante la adversidad se levanta para alcanzar lo que considera justo y quiere hacer el bien y vivir la vida como una obra de arte". *Hace varios años, el nadador puertorriqueño, Orlando Fernández, realizó la hazaña de cruzar a nado el Estrecho de Gibraltar. Un mensaje que envió a todos los puertorriqueños, pero en especial a todos los seres humanos y que considero apropiado para este significativo momento es y cito: "Quiero decirle* a Puerto Rico que no importan los momentos difíciles que socialmente y económicamente sufre nuestro país es en estos momentos que uno tiene que concentrarse en su meta personal porque todo lo que se hace con amor, esmero y dedicación se puede conseguir. La salida fácil a los problemas no es la solución, es más gratificante cuando se lucha por lo que se quiere conseguir", *cierro la cita. Lo que se hace con amor, esmero y dedicación rinde los frutos que anhelamos. Señaló, muy sabiamente, nuestro Eugenio María de Hostos:* "Cumple con tus deberes y gozarás de todos tus derechos"; *hoy reconocemos que nuestra sociedad reclama de cada uno de sus miembros un compromiso leal hacia los deberes para retribuir los sentimientos que nos producen cada amanecer. Nuestras acciones deben ir dirigidas a dar de nuestro tiempo y ser recíprocos en la bondad hacia nuestros semejantes. Cuando alcancemos ese sentimiento de solidaridad, nuestro suelo patrio gozará con nuestro trabajo y empeño el verdadero deber que nos corresponde como ciudadanos. Pongamos el empeño en lograrlo todos los días. Hoy, ustedes emprenden una nueva ruta en su vida estudiantil, ruta que los deberá preparar para alcanzar nuevas metas. Queda en cada uno de ustedes individualmente aprovechar los conocimientos y retarse como individuos para alcanzar las mismas.* La educación debe ser vuestro foco, vuestra luz, vuestra guía, en fin, vuestro interior. Para ser personas completas y sanas debemos tener una educación física, mental, emocional y espiritual libre de prejuicios y llena de tolerancia y fe. *La educación nos mantendrá mirando siempre el objetivo que es nuestro futuro. El Buen*

Dios bendiga cada uno de sus corazones; a sus padres, que les brinden los mejores consejos y emulemos los valores positivos que nos distinguen como pueblo puertorriqueño."

Y todo era aplausos en la audiencia… pero si preguntas a alguien hoy día sobre el mensaje tan fervientemente aplaudido ni lo recuerdan… piensas con tristeza. Y te sumerges de nuevo en ese ostracismo característico de la derrota… causado por la inmediatez en que viven las nuevas generaciones. Piensas que no ha sido por falta de consejos ni de ejemplos por lo que nuestro pueblo vive sumergido en la ignominia, no, es por el puro individualismo castrante que invade muchos corazones. Piensas que tal vez *un mejor Puerto Rico es posible como dice el doctor Ricardo Rosselló* y aún hay hálito de esperanza… pero muy poca…

En esa derrotista reflexión reculas lo que le sucedió a uno de tus amigos, que tal vez por la prisa o la ofuscación de llegar a su casa al salir del trabajo vio a lo lejos del camino una *"guagüita"* estacionada y solo pudo leer la palabra *"tacos"*. Él se dijo para sí: *"un taquito no viene mal a esta hora"* y regresó al camino para pedir un *taco* en la *guagüita*. Para su sorpresa cuando se acercaba distinguió lo que en realidad su mente hambruna solicitaba: *"se arreglan zapatos y se componen tacos a sus zapatos"*. Así vivimos, con tanta prisa en nuestras líneas que a veces solo distinguimos lo que queremos ver y no lo que en realidad es. ¿Verdad Alex? Piensas.

Y entre Alicia, los discursos bonitos y olvidados en las actividades, y la equívoca reacción de tu amigo con los *tacos* dejas que tu mente vague en la oscuridad de la noche.... T reflexionaste sobre la vida... "La vida la defino como la transformación y desarrollo de lo que hacemos, algo típico o estático por momentos pero que fluye en dimensiones insospechables para redimir las asperezas de las actuaciones. La misma existencia, el ser devorador de la existencia humana, se convierte en una estructura realizada por elementos reales, u objetos ideales y valores que esa estructura conforma la concepción de lo que llamamos el tiempo."

El tiempo está en la vida para que disfrutemos lo real, lo ideal y los valores y por eso la vida es auténtica y absoluta porque existe el tiempo. Donde el pasado se recuerda, el presente se figura y en el futuro se enseña, el tiempo no tiene límites, y no existen barreras para el tiempo que constituye la vida misma. Y la mejor inversión que se puede hacer es en el tiempo, porque el tiempo es estable y no va a fallar.

El tiempo constituye la esencia de las cosas. Porque el tiempo está dentro de las cosas mismas y alrededor de las cosas esta la vida. Este tiempo se presenta con el presente que fluye y se va y se transforma en pasado para poder esperar el futuro de las cosas que suceden en nuestras vidas. Porque la vida transcurre a través del tiempo y cuando el futuro se convierte en futuro este instante, la vida sigue su curso.

6
Despertando silenciosamente
en suelo ardiente

"Cerrarás los ojos para no mirar por los cristales
la noche y sus negras muecas,
los monstruos amenazantes,
lobos negros, negros diablos
como muchedumbre atroz."

Poema: "Sueño para el invierno"
(fragmento traducido).

Arthur Rimbaud

Así como llegaste en silencio, así despiertas. Todo el
apartamento parece tumba recién sellada. Solo tu respirar
se escucha pausadamente en el lugar. De afuera no entra
ni la luz pero sabes que ha amanecido. Descansaste bastante, te lo dicen tus huesos adoloridos. Miras alrededor
tratando de ubicarte en el espacio recién poseído y vas
asimilando en cada poro los olores de las paredes que
penetran sigilosamente como eslabones de cadenas en
garantía de las joyerías arabescas. Persistes en descubrirlo
todo por los olores y te transportas vagamente hasta los

confines de tu infancia en los jardines de tu casa en el campo.

Allí las flores esparcían sin premura y diligentemente sus más variados olores cada mañana, a rosas, a gardenias, a lirios amargos, olores dulces de las amapolas de largos pistilos y de las sencillas pero orgullosas orquídeas de colores vibrantes.

La asociación entre estados de ánimos y olores enmarcaba severamente tu carácter callado y silencioso como sabio de bibliotecas enclaustradas en altos montes ancestrales. Olores que viajan por fronteras indescifrables y enarbolan blasones de singular actitud ante los detalles. Olores que te ayudaron a descubrir las verdades del campo y las verdades de tu cuerpo. El primer beso con olor a verbena o el olor de los maizales en cosecha de luna llena. Olores a campo en la quebrada de *don Julio* con sus aguas cristalinas que recorrías en verano y pescabas *guábaras* y camarones para luego hervir en una lata de leche *Klim* puesta entre tres piedras y leña para disfrutar su delicioso sabor a alimento de tus manos. Olores a frutas de los montes. Olores a guanábanas. Olores a corazón. Olores a mangó. Olores a jobos. Olores a quenepas. Olores a caimito. Olores a pomarrosas. Olores a guayaba. Olores al camino lleno de eucaliptos para llegar a la casa de *Tomasa* y *Papí*. Todo esto en mezcla perfecta de todo un contacto con creencias y aprendizajes de los habitantes de los montes y acompañados del canto de los *bienteveo* y las *palomas turcas* anunciando tu llegada como heraldos de castillos lejanos… Olores a leña. Olores al arroz preparado con leña. Olores a habichuelas rojas con patitas de cerdo que preparan en la casa de don *Luciano* y *doña Lola,* olor confundido con sabor a campo, a esencia de corazón humilde y de almas limpias que fueron dejando huellas en ti. Olores al sombrero sudado de tu abuelo *Víctor* cuando llegaba a tomar la siesta y te ponías sobre tu cara para aspirar su esencia y quedarte dormido en su pecho. Olores al dulce de cocos que preparaba abuela *Isidra* y olor a queso blanco preparado con la leche de la vaca *India* ordeñada en la mañana. Olores de vida. Olores de una niñez bien vivida. Olores que penetraron todo tu ser hasta hacerte hombre. Olores al fogón donde tu *tía Fina* preparaba aquel sabroso e inmaculadamente arroz blanco en *La maloja* en *Yabucoa* y sonreía con tanto gusto cuando lo obsequiaba a cada uno de ustedes. Momentos de paz. Su sonrisa sincera y de alma buena nunca la olvidas; la llevas grabada muy dentro de ti aunque nunca lo comentes. Piensas

Tanteas las paredes de la habitación escrupulosamente pintadas de blanco y vas detallando cada superficie para intentar hallar una imperfección; cuando la descubres te detienes e imaginas al obrero que puso sus manos para construirlas. Tal vez un centroamericano que emigró al norte buscando una mejor calidad de vida. Piensas que la imperfección no es lo que te lleva a reflexionar, sino el valor de las manos del obrero. Obrero hábil y con deseos inmensos de progresar. Obrero a ganarse las cosas con el sudor de su frente y la fuerza de sus manos; tan diferente a la gente de tu pueblo que todo lo quieren gratis y en sus manos. Ese obrero lleno de esperanzas... Aquel que dejó a su familia y solo saben de él por las remesas semanales que les envía para sobrevivir a los azotes de un dictador inmaduro que administra las finanzas del gobierno de sus pueblos del sur. Tantas imágenes de *Primer impacto* vistas en *Univisión* o en *Al rojo vivo* por *Telemundo* con *María Celeste Arrarás*... donde en estos programas confunden el término de *ilegal* con el término de *inmigrante* para ganar adeptos adrede; para ellos ambos términos son sinónimos cuando en realidad distan tanto de serlo. Un inmigrante es quien viaja entre un país y otro utilizando los acuerdos legales entre ambos países; en cambio el término ilegal se aplica a quien de manera impropia entra a un país sin seguir las reglas de inmigración aplicables al país donde llegan. No es asunto de inmigrantes; inmigrantes somos todos. Es asunto de ilegales dentro del concepto político social que nos involucra. Cuando escudriñamos con verdadero sentido notamos la diferencia entre unos y otros sin llegar a fanatismos. Recordando siempre aquella reflexión de que también *los lagartijos trepan postes y no son electricistas.*

Imágenes de indígenas cubiertos de polvo y yeso construyendo en lugares de libertad; esa es la diferencia entre tu pueblo acostumbrado a tenerlo todo y no hacer sacrificios por nada. Ocultos de la *migra* para no ser deportados a sus tierras. Dolor en los ojos achinados de esos hombres enterrados en campos interminables de vegetales que reposarán en la mesa de los citadinos rubios y de cachetes rojos quienes devorarán gustosamente sin saber de los callos en las manos, el sudor en todo su cuerpo comprimido y el llanto largo y huérfano del obrero centroamericano indocumentado que los sembró y cosechó en las tierras del gran imperio.

Ella no ha llegado porque la luz no ha penetrado completamente en el cuarto...

Miras tu cuerpo desnudo bajo las sábanas blancas y sonríes. Tu cuerpo tantas veces palpado con ardor. Piensas. Muchas manos, no tantas como otros piensan. Pero manos ardientes como el ardor del fuego en la formación de tu ser. Hoy te das cuenta que no fue un error. Te dio las herramientas de vida. Te convirtió en lobo astuto en una selva de falsos corderos. Te dio la luz que fue robada a *Zeus* y que tanto incomodó en su sagrado *Olimpo*. Te dio aliento a luchar como nunca. Te dio sentido en la vida. Te dio nuevas tierras. Te dio nuevos cielos. Te dio nuevos respiros. Te dio nuevos bríos de vivir o lo que se llame vivir...

Ves una cana en los pelos púbicos y te asombras de no haberte afeitado tus partes antes del viaje como siempre acostumbras. Sonríes y te extraña que tengas canas en los pelos púbicos antes que el cabello de tu cabeza. Ríes y dices en tu interior que lo harás tan pronto vayas al baño, piensas. Miras el alto techo blanco y te dejas llevar por imágenes aprendidas en la tv o en revistas donde grandes vasijas contenían tesoros de incalculable valor y recuerdas de la noticia de la pareja que halló en su jardín unas monedas muy valiosas. Piensas que tu tesoro lo llevas dentro de ti; es y ha sido el cúmulo de conocimientos adquiridos a través de tantos años y tanta lecturas. Lecturas asignadas para tus cursos o lecturas motivadas por descubrir tantas verdades ocultas en las versiones orales de los impostores de historias que pretenden deformar las realidades humanas. Apoyadas muchas veces en documentos acomodaticios para no herir las sensibilidades humanas como dice el narrador de la película *Alexander the great*: *"no escribas eso en esta historia porque no lo entenderán y será algo que destruya la imagen del emperador."* ¿Quién está dirigido a decir la verdad? ¿Por qué ocultar la verdad? ¿Para qué otros se sientan bien? Por eso muchas veces te has buscado problemas como señalaste hace un momento; llegas a la reflexión porque entiendes que no todo está dicho con certeza. Hay tantos asuntos inciertos en los textos históricos porque han sido acomodados a la visión de quien lo escribe. Desde textos de las historias de los pueblos como textos de las figuras que llaman importantes en la historia humana. Ahora descubren que Luis Llorens Torres tiene otra teoría sobre el descubrimiento de América... Y muchas veces reflexionas sobre esto y te buscas problemas. Pero a la gente le gusta escuchar cosas bonitas, aunque se hayan repetido tantas veces... *Le corresponde al lector descubrir la intención de la palabra en el contexto...* Recuerdas las reflexiones de

Roland Barthes sobre la historia y los mitos: *"Como ya lo he dicho, en los conceptos míticos no hay ninguna fijeza: pueden hacerse, alterarse, deshacerse, desaparecer completamente. Precisamente porque son históricos, la historia con toda facilidad puede suprimirlos. Esta inestabilidad obliga al mitólogo a manejar una terminología adaptada sobre la que quisiera decir algunas cosas, pues a menudo es fuente de ironía: se trata del neologismo. El concepto es un elemento constituyente del mito: si deseo descifrarlo me es absolutamente necesario poder nombrar los conceptos."* Piensas.

Palpas tu cuerpo buscando sentir caricia conocida. Tal vez *Manuela* te consuele las penas antes de salir a la entrevista. Recorres lentamente cada músculo definido en tu piel y fielmente diseñado en el gimnasio. Aprendido de la lecciones de la revista *Hombre saludable* que compras todos los meses. Excelente revista que ofrece consejos saludables para el hombre. Piensas. Palpas todo tu cuerpo. Sonríes.

Decides buscar algún mensaje en el celular que dejaste cargando en la sala, y sí hay varios. Lees sin premura cada mensaje dejado en la cuenta de *Yahoo* y en la cuenta de *Gmail*. Todos sobre ofertas de empleos, entrevistas, anuncios de *Amazon*, de *ebay*, *de AARP,* como todos los días y los periódicos digitales que recibes: *Metro* y *El Vocero*. No recibes *El Nuevo Día* porque este periódico dejó de informar para convertirse en portavoz de mentiras que deforman al pueblo. Ya *endi.com* dejó de existir para ti. Y menos *Primera hora* y su faranduleo y lavada de cara al gobierno inepto de *AGP*. Para muchos este gobierno popular es como la *Coca-Cola*: "empezó *regular*, luego vino *bajo en calorías* y últimamente es sencillamente *zero*".

Respondes a los textos que merecen ser respondidos. Algunos los borras por ser *junk mails* de tonterías que cargan el correo. A veces en la tecnología también los procesos se tornan rutinarios y eso es lo que no te agrada de ella. Te gusta descubrir. Ver nuevos colores. Realizar nuevas búsquedas en nuevas páginas.

7
POINT OF NO RETURN

"Quien no quiere pensar es un fanático;
quien no puede pensar, es un idiota;
quien no osa pensar es un cobarde."

SIR FRANCIS BACON

ABRES LOS OJOS y te molesta la claridad del rubio sol que entra por la ventana aun sin cortinas del cuarto del apartamento de paredes blancas. Buscas entre las sábanas caricias dejadas en la noche ebria de soledad. Respiras profundo tratando de llenar cada alveolo de los pulmones del nuevo aire de la nueva tierra que pisas.

Pones el pie derecho sobre la alfombra mullida y sientes en cada poro un aliento de esperanzas. Eso te hace tomar ánimos para llegar hasta el baño y mirar tu cara ante el espejo inmaculado de la habitación. Sonríes. Tan guapo y apuesto como te acostaste así amaneces, es un don, dices dentro de ti. A pesar de tus años sigues sintiéndote como el joven de hace treinta y seis cuando comenzaste a trabajar en tu pueblo. Con fuerzas aprietas tus dientes, tomas un poco de agua oxigenada y la mantienes por varios minutos en tu boca; luego la echas en el lavamanos y sientes en tu boca la espuma que ella deja.

Bajas a la cocina y haces la rutina del desayuno. Pones el agua en la cafetera, dos cucharadas de harina de café en el compartimiento, la enciendes y esperas a que el aroma del café inunde con su larga cola aromática la pequeña cocina del apartamento. Luego vas al refrigerador y sacas el queso, la mantequilla, la mayonesa, el jamón, las frutas, el yogurt y el jugo de naranja.

Vas a la alacena donde está el pan integral; abres la funda que contiene el pan y sacas las segunda y tercera hojas de pan porque sabes que la primera es para proteger a las demás. Las colocas sobre una hoja de papel toalla blanco (*los de colores tienen muchos químicos*) y untas en una hoja mantequilla y en la otra untas mayonesa; donde untaste mantequilla colocas una hoja de queso *Velveeta*, y donde untaste mayonesa colocas ceremonialmente una hoja de jamón. Así es que sabe un buen emparedado en la mañana. Piensas. Sonríes.

Colocas el café en el pocillo rojo con diseño de *Mickey* y agregas *french vanilla* poco a poco. Nada de azúcar pues la crema de vainilla contiene bastante azúcar. Lo revuelves tres veces hacia el mismo lado y lo colocas en la barrita donde tomarás el desayuno. Allí va el yogurt, el vaso con el jugo de naranja, el envase con frutas, una cucharadita para comer las frutas y el yogurt y una servilleta blanca. Todo en ese orden.

Te sientas. A tu lado un radio pequeño donde escuchas las canciones de *Maroon 5* y *Miley Cyrus* y donde el locutor hace preguntas tontas a las personas que le llaman... Tomas el desayuno sin prisa... dejas bajar lentamente el café tibio por tu garganta y sientes fuerzas de caribeño, de negro africano catador de café. No te sabe igual que el de tu tierra, pero es café y te reconforta. Das bocados lentos al emparedado preparado meticulosamente con un poco de mantequilla en el lado del pan donde va el queso y mayonesa en el lado donde va el jamón. Lo terminas y comes las frutas y luego el yogurt. Tomas lentamente el jugo de naranja y lo sientes deslizar sin prisa por tu garganta. Sientes su acidez, sientes sus vitaminas invadiendo tus venas... sientes frescura.

Miras por la ventana hacia la calle. Todo tranquilo. Tan diferente al lugar de dónde vienes. Colocas los utensilios usados en el fregadero de la cocina y abres el grifo y dejas correr el agua hasta que esta tome la temperatura tibia para fregar. Echas un poco de detergente en la esponja y procedes a humedecerla. Vas limpiando uno a uno los utensilios que usaste en el desayuno. Tu primer desayuno lejos de tu tierra, piensas y respiras hondamente como si quisieras llenar tus pulmones de un nuevo aire... colocas todo en su lugar y subes a la habitación.

Sacas la ropa interior que te pondrás cuando te bañes. Calzoncillo de corte italiano como siempre para sentirte cómodo; escoges uno color anaranjado y negro de marca

Papi que tanto te gusta. Camisilla blanca, medias negras, y lo colocas todo sobre la cama.

Vas al baño, te miras nuevamente al espejo, sigues igual, lol. Buscas el cepillo de dientes y ahora sí te cepillas los dientes con ceremonial estilo... luego haces gárgaras con *Listerine*, primero con un cachete, el cachete derecho, y luego el izquierdo, como siempre es tu rutina... Buscas el *Barbasol original* para rasurarte la cabeza y la cara. Proceso que repites una y otra vez cuando sientes un cabello rabioso queriendo salir por los poros. Abres la puerta de la bañera, palpas tu cuerpo desnudo, firme, abres lentamente el grifo y dejas correr el agua tibia sobre tu piel, te duchas sin prisa...

Vas recordando aquel poema de *Charles Baudelaire*, La voz, que dice en:

"Se encontraba mi cuna junto a la biblioteca,
Babel sombría, donde novela, ciencia, fábula,
todo, ya polvo griego, ya ceniza latina
se confundía. Yo era alto como un infolio.
Y dos voces me hablaban. Una, insidiosa y firme:
«La Tierra es un pastel colmado de dulzura;
Yo puedo (¡y tu placer jamás tendrá ya término!)
Forjarte un apetito de una grandeza igual.»
Y la otra: «¡Ven! ¡Oh ven! a viajar por los sueños,
lejos de lo posible y de lo conocido.»
Y ésta cantaba como el viento en las arenas,
fantasma no se sabe de qué parte surgido

que acaricia el oído a la vez que lo espanta.
Yo te respondí: «¡Sí! ¡Dulce voz!» Desde entonces
data lo que se puede denominar mi llaga
y mi fatalidad. Detrás de los paneles
de la existencia inmensa, en el más negro abismo,
veo, distintamente, los más extraños mundos
y, víctima extasiada de mi clarividencia,
arrastro en pos serpientes que mis talones muerden.

Y tras ese momento, igual que los profetas,
con inmensa ternura amo el mar y el desierto;
y sonrío en los duelos y en las fiestas sollozo
y encuentro un gusto grato al más ácido vino;
y los hechos, a veces, se me antojan patrañas
y por mirar al cielo caigo en pozos profundos.
Más la voz me consuela, diciendo: «Son más bellos
los sueños de los locos que los del hombre sabio».

Baudelaire era un sabio, genio adelantado a su época. Piensas. A pesar de su alocada vida bohemia dejó una huella literaria que ha impactado a muchos a través de los tiempos. Y este poema en particular viene a tu mente porque hay voces que no cesan de murmurar en tu cabeza desde que saliste de la isla...

Ya acicalado para la entrevista; bajas al lobby del apartamento. Sexy diría ella. Una chaqueta gris oscuro con tres botones negros sobre una camisa blanca perlada y corbata color vino. La corbata que te había regalado aquella amiga hace ya tiempo y que siempre has conservado con mucho cariño. El pantalón color negro bastante ajustado como te gusta. Aunque a muchos no les guste piensas que sentir la ropa ajustada te da seguridad. Un buen perfume suave y masculino, *Invictus* de *Paco Rabanne*, que refleje tu personalidad pero que no moleste al entrevistador para no distraer el proceso de la entrevista. Guiñas con tu ojo derecho al espejo, que todo lo muestra de lado contrario, y este responde con el ojo izquierdo cándidamente.

Tomas la carpeta color marrón, donde resaltan tus iniciales *OR* con tono dorado y sostienes con fuerza en tus manos porque ahí está tu *curriculum* acumulado en la isla y que te abre las puertas en el nuevo lugar como te dijeron tantas veces. Piensas que eso es vano cuando en la marcha es que se prueba el detalle de los hombres y la habilidad para desenvolverse en el nuevo ambiente. Abres las compuertas como en tropel de equinos árabes en carrera y sales a la calle. Una luz blanca y llena de esperanzas se esparce en un cielo inmensamente azul. Cielo lleno de ojos en esta nueva mañana en el nuevo suelo... Respiras hondo como queriendo llenar de nuevas emociones tus pulmones. Caminas sin prisa como siempre lo haces y llevas en tu mente la frase que tanto predicas: "*Solo se saborea el bocado que se tiene en la boca y no el que está en aún en la cuchara*". Y vas observando con sumo interés el nuevo paisaje que desfila en tus nuevos ojos. Te sientes seguro como siempre.

El sol golpea fuerte en tu cara; volteas instintivamente y la ves a ella detrás de ti. Sonríes. El nuevo y cómplice sol anuncia un brillo de esperanzas y en cada uno de sus rayos se balancean nuevas ilusiones doradas. Ya vas más seguro, como siempre. Al voltear en la calle te fijas en el estante de periódicos ubicado en la entrada del edificio y miras sin asombro al leer el titular de uno de ellos: *"Hombre detenido al bajar del transbordador por cargar cabeza de mujer en funda de colores durante viaje en el aeropuerto..."* y distingues sin asombro la foto de Fabián, el pasajero que viajó sentado a tu lado... el pasajero de sienes encanecidas y un hilo de sudor corriendo asustado entre ellas. En letras más pequeñas, pero en negrillas como hacen los periódicos para llamar la atención decía: *"conservó la cabeza de su mujer en un envase para escabeches y aderezó la misma con aceite, vinagre, pimienta, ajos, hojas de laurel, para confundir los olores y pasar desapercibido..."* Miras a todos lados. Ya nada te asombra. Y pensaste: *"Si a Gabriel García Márquez le creyeron todas las ideas del realismo mágico e Cien años de soledad, por qué carajos a ti no te habrán de creer la historia que te ha tocado vivir al lado de Fabián..."* Cruzas la calle. Piensas: *"El que carga consigo los dolores del pasado y no renueva sus esperanzas en su nueva casa solo eso recibirá, la misma desgracia que ha vivido toda su existencia."* Sonríes, caminas en silencio y dejas que la nueva brisa refresque tu nueva piel, en tu nuevo cuerpo, en tu nueva tierra, en tu nuevo sol...

Cierras el libreto, miras el reloj y te percatas que han pasado ciento seis minutos desde que llegaste al parque;

sonríes y caminas sin rumbo por la calle amplia que te levanta sus brazos y te acoge con ternura y extrañas a *Cucusa*, *El malletazo*, su programa de radio por *Notiuno* a las cuatro de la tarde con sus ocurrencias cuando imita a la *Secretaria de Salud*, y que puedes escuchar ahora gracias a la aplicación de *Tunein Radio* en tu celular... Y sonríes...

Índice

www.ingramcontent.com/pod-product-compliance
Lightning Source LLC
Chambersburg PA
CBHW052012240626

47153CB00008B/2846